हाशिये पर मुसहर

श्लोक कुमार

मेरे माता-पिता को समर्पित और

उन तमाम मुसहर भाई-बहन को समर्पित

जो एक योद्धा कि तरह अपना जीवन-यापन कर रहे हैं ||

क्रम-सूची

प्रस्तावना

श्लोक कुमार का जन्म मिर्ज़ापुर जिले के (चड़रहाँ) गाँव में हुआ हैं इनके माता - पिता गाँव में रहते हैं और इनकी प्रारम्भिक शिक्षा गाँव से ही सम्पन्न हुई | इनके पिता का नाम चन्द्रशेखर हैं व इनके माता का नाम राजकुमारी देवी हैं | इनके पिता एक प्रवक्ता हैं और माता पंचायत विभाग में सफाईकर्मी हैं इन्होने अपनी दसवी की पढ़ाई मिर्ज़ापुर जिले के श्री राम पब्लिक स्कूल से उत्तीर्ण किया व बारहवी भी मिर्ज़ापुर जिले के राजस्थान इंटर कॉलेज से किया | इनकी ये पहली पुस्तक हैं जिसका नाम हाशिये पर मुसहर हैं |

आप लोग मेरे बारे में तो जान ही चुके होंगे जायदा नहीं पर थोड़ा तो जरूर ही मुसहर ऐसा शब्द हैं जिसे सुनने पर सब लोगो के मन में कुछ पुरुष व महिला गंदी चीजों को खाते अर्थात चूहे को खाते हुए या गंदी वस्त्रो में में आप लोगो को नजर आते होंगे | पर मेरे विचार में इससे बिलकुल विपरीत मैं जब मुसहर नाम सुनता हु तो एक वीर समुदाय व दयालु लोग दिखते हैं जिनका ह्रदय बहुत ही कोमल हैं और ये किसी से भेदभाव नहीं करते हैं | मैं तो हु एक छात्र जो सिर्फ कॉलेज से घर और घर से कॉलेज यही और पढ़ाई सिर्फ यही मेरी दुनिया हैं लेकिन मैं गलत था जब मैं एक दिन कॉलेज से घर की ओर आ रहा था तब एक समुदाय दिखा जो बिलकुल नग्न अवस्था में था उसे देखकर ऐसा नहीं लग रहा था की ये कोई मत्र्व हैं | कुछ दूर चलने पर जब वे लोग आराम करने के लिए एक तरु के नीचे रुके ताकि थकान दूर हो सके और उनको अपनी आगे की मंजिल तय करने में

आसनी हो मुझे भी चैन नहीं था | मेरे मन मे भी ढेरो सवाल उत्पन्न होने लगे की ये कौन हैं ? और क्यो इस तरह से ईनकी ये हालात हैं ? ऐसे कई सारे मन में सवाल उठ रहे थे पर पूछने कु हिम्मत नहीं थी लेकिन मैं भी शांत बैठने वाला नहीं था थोड़ी हिम्मत एकत्र करके किसी तरह मैं उन तक पहुचा लेकिन मुझे देखते ही वे लोग कुछ अंजान सा ब्यवहार करने लगे जो की सामान्य तौर से कोई भी करेगा उन्हे ऐसा लग रहा था की मैं कोई उनका कमंडली चुराने को आया हूँ | कमंडली का मतलब जिसमे नीर को स्थान देते हैं जो दिखने में एकदम राजाओ की राजमुकुट की तरह इधर - से उधर मुडा हुआ था | कुछ देर उनके पास खड़े रहने पर ऐसा लगा की ये बड़े डरे व कई दिनो से भूखे हैं लेकिन उस टोली में से एक लड़का बोला का हैं रे कवन काम तोरा उसकी भाषा से तो ये समझ आ गया था की ये बिहार की तरफ से हैं बड़े गुस्से में बोला लेकिन मैंने कोई जवाब नहीं दिया और प्यार भरी बातो में उससे बात करने की कोशिश किया लेकिन थोड़ी बहुत बात करने के पश्चात वह अब मुझसे मानो मिल जूल गया हो और दोस्त बन गया | अब उसके माता - पिता भी समझ गए थे की ये पढ़ने वाल लड़का हैं कोई चोर नहीं वे भी मुझसे बात करने लगे और उनसे बात करके यह पता चला की गाँव वाले उनकी जमीन को हड़प लिए हैं और उनको बेदखल कर दिये उनके हिस्से से कई दिनो से उनके मुह में एक नेवाला तक नहीं गया था | मैं कुछ ज्यादा तो नहीं कर सका पर मेरे पास कुछ रुपये थे मैंने उनको दे दिया और मैं उनको कहा की चलो आप लोग मेरे घर पर उन्होने मना कर दिया मुझे तो नहीं पता किसलिए उन्होने मना किया लेकिन मुसहर ऐसे होते की आप ना चाहते हुए भी इनसे प्यार करेंगे |अगर आप इनसे मिलेंगे तो आप इनके कोमल हृदय को देख पायेंगे | वे लोग

तो वहाँ से चले गए पर मुसहरो पर हो रही अत्याचारो और कई सारी घटनाओ को उन्होने बताया जो आपको पुस्तक में पढ़ने को मिलेगा | वह लड़का जिसका नाम मास्टर बहुत ही बहादुर लड़का था | इस किताब में आपको यह पता चलता हैं की दरअसल असलियत में उनका जीवन कैसा हैं ? मुझे तो नहीं पता की इससे कुछ उनमे या सरकार के नियम व कानून में परिवर्तन होगा की नहीं परंतु मेरे इस किताब को लिखने का सिर्फ एक ही मकसद हैं की इनका भी जीवन व परिवार हैं इनको भी इनका अधिकार मिलना चाहिए व इनको भी अपने अधिकार को पाने का हक हैं | इस विषय को लिखने का उद्देश्य हैं की मुसहर समुदाय के लोगो में बदलाव हो और उन्हे उनका अपना अधिकार मिले जिससे वे सदियों से वंचित हैं |

1

परिचय

भले ही इतिहास में योगदान अल्प हो लेकिन इसका सार यह तो नही की आत्मसम्मान कम हो जाये | भलीभाती हम सब जानते हैं की हमारा राष्ट्र तभी उन्नति कर पाएगा जब हम सब को साथ लेकर आगे बढ़ेंगे अन्यथा असंभव हैं | मुसहर मजबूत शारीरिक बनावट के होते हैं ये तो सिर्फ कहावते हो गयी हैं ये स्वभाव में ईमानदार,मेहनती व सहनशील होते हैं | मुसहर चूहा पकड़ते हैं ये सभी जानते हैं दक्षिण से उत्तरी की ओर पलायन करने वाले मुसहरो का इतिहास रहा हैं | वह घड़ियाल पकड़ने का काम करते थे जातिय वैमनस्यता व घृणा के कारण चूहा पकड़ने वाली बात सब को नही पच पाती हैं | यह कोई नहीं कहता की मुसहर इतनी बहादुर जाति रही हैं जो नदियों व गंगा में घड़ियाल पकड़ने का काम करती थी"चुनिंदा"अब भी करते हैं| कृषि कार्य को आरंभ करने वाले मुसहर ही थे जो जंगलो को काट कर किया इनके अनेक नाम से हम परिचित हैं मुसहर,बनवासी,भुईया,मांझी,अन्य नाम से भी जाने जाते हैं | झारखंड में इन्हे भुईया कहा जाता हैं उत्तर बिहार में इन्हे मुसहर नाम से जाना जाता हैं कही-कही इन्हे लोग भुईया और दोनों नाम से भी जानते हैं बिहार में,मुसहर शब्द को भोजपुरी में मूस+आहार अर्थात चूहा खाने वाला कहते हैं|पुराने जमाने से लोग कहते आ रहे रहे हैं की भगवान ब्रह्मा ने मनुष्य को बनाया और उसे सवारी करने के लिए घोडा दिया | मुसहर ने घोड़े के पेट में गडढ़ा खोदने का फैसला किया ताकि आराम

से सवारी कर सके(इससे भगवान ब्रह्मा जी नाराज हो गए)| उन्हे और उनके वंशजो को चूहा पकड़ने का श्राप दे दिया ||

"भूल गयन बबुआ सब
ना जाने जनिहे कब
लागि ना पार नईया
होई गयन सब गोसईया||"

मौखिक इतिहास व वाचिक परम्पराओ में भी इस समुदाय(जाति) के बारें में बहुत तनिक मात्रा में जानकारी प्राप्त हो पाती हैं|धर्म ग्रंथ और लोकगीत पारंपरिक मौखिक अभिब्यक्ति जो दर-पीढ़ी से धकाधक एक गति में चलती आ रही हैं | अर्थात एक ही क्रम में चली आ रही हैं इस जाती(समुदाय)की सामाजिक व आर्थिक परिस्थितिया दलित समुदाय की अन्य जातियों की तुलना में निम्न हैं| तथा उसमे भी महिलाओ की स्थिती और भी ग्रसित(खराब) हैं कई तथ्यो व अध्यनों से ज्ञात होता हैं की मुसहर महिलाए आज भी गरीबी की फलस्वरूप हिनभावना का शिकार है | हालांकि,अन्य दलित जातियों की समाजिक व आर्थिक स्थिति से पता चलता हैं की उनकी भी समस्याए मुसहर से "बेहतर" तो पर उतनी भी नहीं | इसी तरह से इनकी जीवन की नाव बहती रहेगी पर कोई बचाएगा नहीं और नाहि कोई बदलाव होगा |

आज के इस कलयुग में ना हि भगवान और ना हि कोई सरकार सामने आवे ऐसा भी नहीं हैं की हो रहा हो किसी का अपमान या कर रहे हो जुल्म तो बुलावे हे प्रभु हे सरकार मेरी मदद कर तो प्रभु प्रकट ऐसा भीं नही हैं | तो किया क्या जाये इस परिस्थिति में हमे साथ मिलकर और शासन को भी इनकी स्थिति को उगते सूरज में परिवर्तित करना होगा |अन्यथा इंनका विकास व आर्थिक स्थिति में तनिक भी परिवर्तन नहीं हो पाएगा| और देखा जाए तो कही न कही हमारा समाज भी इनके साथ इंसाफ नहीं कर पा रहा हैं क्योंकि अगर कोई मुसहर मदद के लिए या कुछ समस्याए बताता हैं तो हम या तो उसे नजरंदाज करते हैं नहीं तो हम उससे घृणा करते हैं | और आंतरिक ह्रदय में ही सोच रहे होते हैं की इसको देख लिया तो दिन ब्यतित होने में मुश्किल हो जायेगा| तो साहब ये मर्त्व हैं कोई पार्थिव शरीर नहीं जो आप इतना हे भावना से देख रहे हैं

"उच्च कुल में जन्म लेने से नहीं बन जाएँगे महान
क्रोध घिन्नता भाव को करदे खत्म
क्योंकि कुछ ना आवे काम
सिर्फ अन्तर आत्म "

2

मुसहरो की शिक्षा

शिक्षा की बात हो रही हैं तो कुछ अर्ज हैं इसपे जरा ज़ोर दे|

"खाय मारी के मूस
भूल गयन चूस
पूछ अगर लेय मूस अंग्रेजी
बतावय अ-अ-अ-अमूस
यही हैं शिक्षा-दिक्षा
बेबस हय मांगी के भिक्षा||

जिनको शासन व हमारा समाज खाने तक को नहीं दे पा रहा हैं | "शिक्षा तो दूर" हम जिंदा तो जरूर 21वी सदी में फिर भी हमारी विचार धारा पुराने जमाने की तरह हैं अभिप्राय यह हैं कि आज के समय में कोई भी दूसरों के बारें में नहीं सोचता| ऐसा नहीं सब पर"चुनिंदा"हैं अतएव हम अगर तनिक भी सोच ले व शासन तो इनका उद्धहार हो जाये| लेकिन भेदभाव से मन हटे तब तो हम तो यह सोचते हैं कि कौन-सा पहाड़ उखाड़ देंगे| कितना भी पढ़ा-लिखा देंगे हैं तो मुसहर| कौन-सा बड़का'कलेक्टर' बन जाएगा ? यही हमारे स्वतंत्र भारत के समाज की विचारधारा हैं अगर इसी तरह से हम सोचते रहे तो दिन दूर नहीं जब हम पुनः गुलाम हो जाएंगे और विचारहीन हो जायेंगे | यदि एकाक बार ये लोग पढ़ने लिखने का विचार लाते भी तो हमारे समाज में महापुरुष भरे पड़े है जो पकड़ के टांग खींच लेंगे और प्यारी आवाज में कहेंगे "पढ़के का करबे तय हये

मुसहर मास्टरवा स्कूले से भगाय देहे" अब बेचारे बैठ सोचने लगे की बात तो सही हैं| पता नहीं क्या होगा? परंतु साहब का मन मानने को तैयार नहीं एक दिन सुबह सब के चील्ला-चिल्ला के बताय दिये | माई हम जात हई स्कूली बरतनवा दई दे दुपहरिया में मिली तहरी | दौड़ के आई माई बहुत खुश ऐसा प्रतीत हो रहा था की दिन में चाँद निकल आया हो मन ही मन खुशी से दिल मचल रहा था | परिवार में सब सोचने लगे "अब त ई कलीटर(कलेक्टर) बन जाये" बाबूजी बोलते हय काहों मास्टर अरे भैया तू भुलाय त ना जाबे |

मास्टरः नाही हो बाबू अरे एहिजे मड़ईया मे रहब हो धनियों के इहि रखब मास्टर मन ही मन सोचने लगा कि आज स्कूल जाएँगे कुछ दिन में नोकरीया मिल जाये तब माई के लेब साड़ी और अपने विरोधियों के बारें में सोचते हुए मंगरु(पिता) से कहता हैं की"बाऊ पहिले त हऊ परधनवा के दुई नलिया से दाग देब एकदम साहब के माफिक"

मंगरुः छाती एतनी चौड़ी हो गयी कि खली भी तुच्छ मुछों को ताव देते हुए मंगरु कहता हैं की "अरे हमार बेटवा घबरों मत अब केहु नाही टक्कर में" परंतु मन ही मन सोचने लगा कि बोल तो दिये'परधनवा सुन लिहे त गऊवा से भगाय दिहे' बातचीत चल ही रहा था की प्रधान का आगमन हो गया मास्टर व मंगरु देखते ही भीतर चल पडे |

प्रधानः का रे मंगरु, अरि मास्टरवा नाहि हये का रे

मंगरुः हा हा साहब का होई गा

प्रधानः का रे तोर बहुत पंख खुला हव हा |

मंगरुः अरे नाहि साहब आप के बिन चरवा कहा मिली भीतर से मास्टर सुन रहा था मन ही मन सोचने लगा बोल ले तू अब दगाय जाबे वार्तालाप हो ही रहा था की एक वृद्ध पंडित जी विवाह में मंत्र गाने जा रहे थे तभी प्रधान ने कहा गोड लगतानी हो पंडित जी |

पंडित : जिआ-जिआ बाबू काहों प्रधान एकरे लगे का करत हये

प्रधानः कुछ नहीं झा जी बस लकड़ी लेवे आय रहे

मंगरुः "नमस्कार बाबू जी"

पंडितः आज ते मिल गया हमारा तो दिन ही खराब हो गया रे-रे-रे राम-राम

मंगरुः उदास तो मन में परंतु मक्खन लगाते हुए अरे बाबू जी आप दिख गए हमलोगों का तो दिन खिल उठा |

पंडितः चल-चल मक्खन मत लगाव का रे कहा बा तोर छूटका(मास्टर को पूछ रहा था) |

मास्टरः **"आवत हई चुंडियहवा"** नायक के जैसे चलते हुए आ रहा था लेकिन डर भी लग रहा था कहि मारेगा तो नहीं जैसे ही समीप आता गया मानो साप सूंघ लिया हो | बिलकुल सांत कोई हल-चल नहीं अब दाग देंगे का "द"भी नही निकल रहा था |

पंडितः का रे नाम तहार मास्टर काम तहार कुछू नाही "हा"जा रहा हैं की नहीं लकड़ी काटने बड़का साहब बना हय "हा" बिहाने लकड़ियाँ पहुचाय दिहे|

मास्टरः अबे हेम लेकड़ी नेही केटते हैं(अँग्रेजी में बोलता हैं)

मंगरुः मन ही मन सोच रहा था अब त हमार मास्टर साहब बन जाएगा अँग्रेजी में बात कर रहा हैं | अब रहा नही जा रहा था मूछों को बार-बार ताव दबे हाथो से देता और भीतर से मन तो बहुत कर रहा था कि छाती थोड़ा और फूला ले लेकिन साहब अगर फूल जाएगा तो पिचकाने को खड़े | बेचारा क्या करे मन ही मन खुश तो बहुत पर दिखा नहीं सकता |

पंडितः अरे वाह बेटा अँग्रेजी बोलत हये तहार बाप कभी बोला हैं अँग्रेजी और बोला भी तो गलत वाह रे मास्टरवा | देखकर तुमको एक ही कहावत याद आ रही हैं **"आंखों के अंधे नाम नयन सुख"**

मास्टरः पंडित को देखते हुए बालो पर हाथ फेर रहा था और मन ही मन सोच रहा था की चूंडियहवा क्या बोला हैं ? कही हमारी तारीफ तो नहीं कर रहा हैं अच्छा माने पंडित भी हमरो सामने बेकार हैं |

मंगरुः मंगरु भी मन ही मन बहुत प्रसन्न था और सोचने लगा की पंडित जी भी मेरे मास्टर की बड़ाई कर रहे है मतलब मेरा मास्टर तेज तर्राक हैं |

स्कूलिया में फ़ेस्ट(फ़र्स्ट)आएगा |

प्रधानः हसी के गुब्बारे फुले नहीं समा रहा ठहाके के साथ अरी मास्टर तुम तो विद्वान हैं रे

वाह रि मुसहर खेड़ी |

मास्टरः मास्टर भी मन ही मन बहुत खुश हो रहा था और प्रधान से बोला परधान जी मैं बचपने से ही तेज तर्राक हु |

मुझे मेरे आस-पास के लड़के भी गोलियां(कंचे)में हरा नहीं पाते हैं और दो हाथ बढ़कर फेकते हुए

कहता हैं स्कूलीया के उस्तानी भी बेकार हवे हमरे सामने
इतना भाषण के बाद चुप्पी साध लिया | सब कुछ छड़ में ही पतली गली पकड़ लिए और मंगरु भी काम पे चल पड़ा कोई ऑफिस नही वही चूहे के खोज में रात्रि के पेट पुजा के लिए | मास्टर को भी अब सब्र नही हो रहा था की कब स्कूले जाये |

सरिताः हे बेटा मास्टर स्कूले नहीं जाएगा मास्टर दौड़ते हुए घर मे आया माई ने दिया चोखा(चूहे का भर्ता) मास्टर उखाड़ टांग सीधे आमाशय(तोंद) में

सरिता मास्टर के पास बैठ सोच रही थी कुछ दिन में मास्टर "नेकरिया पाई जाई" तब हम सब अच्छे से रहेंगे और नया घर, बनवाएंगे,अनाज खरीदेंगे | खयाली पुलाव पकाने के बाद सरिता मास्टर से पुछती हैं | कैसा बना हैं मास्टर चोखा ?

मास्टरः माई एकदम लल्लन बस थोड़ा मिर्च कमे हव साहब भी अब कसर निकालने लगे थे कुछ दिन में साहब जो बन जाएँगे ऐसा इनको और परिवार वालों को लगता था इनके लिए पढ़ाई मतलब आज स्कूल गए कल से नौकरी मिल जाएगी क्या करे ?

इतने जागरूक नहीं

खाते-खाते ये भी ख्याली पुलाव पका रहे थे अब दिन बदल जाएगा चोखा भी नहीं खाएंगे | नाही लोगो की पिटाई

माई तुम भी खालों तब स्कूले जाए |

सरिताः ठीक हैं बेटा इतना कहकर वह रो पड़ी और बाहर की ओर आकर ऊपर प्रभु को खोजते हुए आसमान से कहती हैं | ना जाने किस कुल, किस जाति में पैदा कर दिये हैं | आंखो में आसू चेहरे पे बिलकुल उल्लास नहीं

हे प्रभु क्या हम जीवन भर यही करते रहेंगे क्या हम चूहे खाने के लिए जन्मे हैं ? भगवान को कोश रही थी तभी गाव की औरते खेत में गैया के लिए चारा लेने जा रही थी तभी उसमे से एक औरत गाँव के देहाती भाषा में कहती हैं "का रे मुसहिनिया बहरवा का करत हये" | इतना कहकर हसने लगी

लेकिन सरिता ने ज्यादा ध्यान नहीं दिया क्योंकि ये रोज़मर्रा का था कोई न कोई आता और कुछ न कुछ बोलकर चला जाता था |

फिर भी सरिता ने बड़ी दयालुता दिखाते हुए दबे मन से बोली कुछ नहीं बहन |

तभी मास्टर ने आवाज दिया माई कहा हवे सरिता भाग कर अंदर गयी और हफनी आवाज़ में बोली क्या हुआ मास्टर बेटा |

मास्टर: बैगवा और पेनवा कहा हवे माई ?

सरिता: सरिता को इतना तो पता था की स्कूले जाने के लिए एक पन्नी और पेना (पेना) चाहिए लेकिन पैसा भी नहीं हैं

मास्टर के बाबू जी भी घर पे नहीं हैं

अब कहा से लाये ?

मास्टर कैसे स्कूले जाएगा ?

सोच ही रही थी लेकिन कुछ नहीं समझ आ रहा था लेकिन मास्टर से कहती हैं बेटा आज ऐसे ही जाओ बाबूजी शाम को आयेंगे तो उनसे कहकर दिलाऊँगी |

मास्टर: ठीक हैं माई इतना कहकर वह निकला एक पन्नी लेकर जिसमे फटा हुआ भारत का नक्शा था और सालो पुरानी कापी

मास्टर कुछ दूर पर पहुचा तभी और बच्चे साथ में थे | वे मास्टर को कहने लगे "का रे मास्टरवा एडमिन होइया तोर जात हये स्कूले" कहकर सभी बच्चे हसने लगे |

मास्टर सुन तो रहा था लेकिन क्या करे बेचारा न ही उसका एडमिसन हुआ था ?

न ही कुछ उसके पास था चलते - चलते जैसे ही वह स्कूल के पास पहुचा उसे डर लगने लगा की सब क्या कहेंगे ? लेकिन कहते हैं ना "कुछ तो लोग कहेंगे लोगो का काम हैं कहना" लेकिन खुश बहुत था | अपने

आप से संघर्ष करते हुए वह स्कूल पहुचा उसे ऐसा लग रहा था मानो किसी खंजहड़ में आ गया हो | टूटी सड़क ,ऐसा लग रहा था जैसे कोई राजाओ का युद्ध हुआ हो और तलवारों से किसी ने सडको को काट काट दिया हो | कुछ दूर चलने पर नल का टंकी मिला जिसका पुर्जा-पुर्जा ढील था पानी पीने के लिए अगर नल चलाये तो सिर्फ पट-पट की आवाज पानी को मानो दबोच रखा हो | कहते हैं" जल ही जीवन हैं यहा तो नल की टंकी ही जीवन हैं |

दिवारे ऐसी थी मानो हजारों वर्षो से कोई मरम्मत नहीं हुई थी | और दिवारे कह रहे हो "बस करो साहब कितना जुल्म करोगे अब तो बक्क्ष दो" दीवारों पर बड़े-बड़े अक्षरो में लिखा था सब पढे सब बढ़े लेकिन ये तो सिर्फ दीवारों की सोभा बढ़ाने को थोड़ा और नीचे आए तो भोजन की मेन्यू बड़े अक्षरो में जो की यू ही लिखा था | जैसे अगर कुत्ते को हड्डी फेंके तो दूम हिलाता ,सूँघता चला आएगा उसी प्रकार से इन बच्चो को भी ये लोग अपनी स्कूल की शोभा बढ़ाने के लिए अपनी ओर खींच रहे हैं | गांधी जी की तस्वीर दीवार पर लगी एनक में ऐसे दिख रहे हो साक्षात भगवान लेकिन साहब कहते हैं कि ये कलयुग हैं यहा भगवान पर भी भी दाग लगाने से नही चूकते गांधी जी तो मर्त्व | दीवारों पर जहा गांधी जी कि तस्वीर बनी हुई वहा कोई खैनी खाके थुंके , तो कोई पान ये सब देखकर वही कहावत याद आ रही हैं "आसमान पर थूकना" ये तो साहब दोष लगाने कि बात कही गयी परंतु यहा तो पूरा ही दोष लगा दिया |

गांधी जी कि तस्वीर के नीचे थोड़ा आए तो सफेदी में लिखा स्वच्छ भारत सुंदर भारत परंतु विपरीत स्कूलो में ना तो झाड़ू लगे थे और न ही ब्रेंचो पर , हर तरफ चिटियाँ जा रही थी|

परंतु लाइने बनाकर अगर देखा जाये तो चिटियाँ मानव से ज्यादा समझदार व स्वच्छ भारत का नारा लगा रही हैं | जिस प्रकार से वह एक जुट होकर जा रही हैं | अर्थात एक से एक जुड़ कर जा रही हैं किसी का साथ नहीं छोड़ रही हैं न ही अस्वच्छ कर रही हैं कक्षा को इसका आशय यह हैं कि चिटियाँ ना तो किसी का साथ छोड़ रही है ना ही वह गंदगी कर रही हैं | एक रेखा में चलती जा रही हैं मानो ट्रेन परंतु मनुष्य ना तो एकजुट हैं ना ही स्वच्छ भारत का हथियार अपना रहा हैं ना हि कुछ और

, तो कौन समझदार हुआ |

मानव या चींटिया आप खुद समझ लीजिये |

"गांधी के मार्ग पर कोई न चलने वाला हैं
कहती दुनिया सारी
भरोसा उसपे क्यो करे
चढ़ा जिसके माला हैं "

ये सब देखने के बाद मास्टर कक्षा की तरफ बढ्ने लगा इस तरह से वह जा रहा था मानो जैसे कोई साँप दो पैर वाले से डरता हो की कही दो पैरा न मिल जाये नही तो आज मेरी खैर नहीं उसी भाति मास्टर सोच रहा था चुपचाप से कक्षा में प्रवेश कर लिया जाये | और कोई ना देख पाये और ऐसा हुआ भी वह कक्षा में तो आ गया सभी बच्चे उसे ऐसे देख रहे थे जैसे कोई दूल्हा ससुराल आया हो |

लेकिन मास्टर चुपचाप से कोने की सीट पर बैठने जा रहा था लेकिन एक बच्चे ने उसे बैठने नही दिया उससे सब दूर भाग रहे थे लेकिन मास्टर कुछ नहीं कहता हैं और चुपचाप से एक कोने की तरफ जाकर बैठ जाता हैं| कुछ देर में प्रधानाचार्य जी कमरे में प्रवेश किए सभी बच्चे खड़े होकर संख की भाति एक सांस में गुड मॉर्निंग सर जी सभी बच्चे तो सही बोले पर मास्टर बोलते है| गेडमेनिंग सर जी बोलकर बैठ गया | प्रधानाचार्य ने सुना तो नहीं परंतु कही न कही उनके साथ भेदभाव हुआ कक्षा प्रारम्भ हुआ प्रधानाचार्य जी सभी से स्वर पुछ रहे थे सभी लोगो ने ठीक-ठाक ही उत्तर दिया लेकिन जब मास्टर की बारी आई तो प्रधानाचार्य ने उसे पहली बार देखा था | प्रधानाचार्य ने गवई भाषा में **"का लड़के का नाम तोर नामवा लिखा लिहे ससुर"** पढ़ने चले आये मास्टर को डर तो बहुत लग रहा था परंतु कुछ नही बोलता हैं | और मन ही मन सोचने लगा कि अब ये दगा जाएँगे |

प्रधानाचार्य: बोलो लड़के क्या नाम हैं तुम्हारा?

मास्टर: सर जी मास्टर

प्रधानाचार्य: अच्छा मास्टर साहब स्वर बताइय, कितने स्वर होते हैं ? बताओ हम भी सुनते हैं इतना कहकर प्रधानाचार्य जी बगल के डस्टबिन में खैनी थूकने चल पड़े |

मास्टर: सोच में पड गया कि स्वर होता क्या हैं हम तो पहली बार नाम सुन रहे हैं स्वर वह अगल-बगल देखने लगा और बच्चो से पूछने की कोशिश करने लगा| लेकिन सब उसे इस कदर देखते व ब्यवहार करते हैं मानो उसके मूह व शरीर से गंध निकल रहा हो अब जरा विचार कीजिये ये 21वी सदी हैं आधुनिक जमाना फिर भी भेदभाव को देखकर गांधी जी भी कह रहे होंगे हमने इन पत्थर के बने इन्सानो के लिए जमीन आसमान एक किया| जो एक दूसरे से इतना घृणा करते हैं यदि इस जमाने में इंसान किसी से डरे तो सिर्फ मनुस्य से क्योंकि इससे बड़ा खतरनाक कोई और नहीं हैं|

मास्टर: डर तो बहुत लग रहा था पर साहब खड़े सोच में पड़े परंतु याद नहीं आ रहा था इस तरह से सबको बताने व दिखाने का प्रयत्न कर रहे थे| जैसे की हनुमान जी सब भूल गए हो उन्हे सब लोग याद दिलाने का प्रयास कर रहे हो पर यहा एक ही अंतर वहा तो सब जन मर्त्व थे लेकिन मास्टर को यहा सिर्फ उनका मन, बगल की दीवार व ब्रेन्च ही याद दिलाने की कोशिश कर रहे हो और सामने लगी गांधी जी की तस्वीर जिसमे अधोवस्त्र पहने एनक लगाए लाठी व उनके आधे बाल मानो नृत्य कर रहे हो ||

उनकी तस्वीर की ओर सोचता हुआ कहता हैं यदि नहीं बताए स्वर तो सर जी डंडे से पिटेंगे और बाद में मेरा भी सर टकला करके नृत्य कराते हुए घर भेज देंगे| सोच ही रहा था कि आ गये खैनी महराज(प्रधानाचार्य)जी |

प्रधानाचार्य: हा मास्टर साहब बताइये का होते हैं स्वर मास्टर को याद आते-आते सिर्फ मूह से ए(A) निकला उसके बात तो सिर्फ ए-ए-ए अरे साहब ए के बाद भी कुछ आता हैं| बोलिए मास्टर को कुछ याद नही आया अंत में आकाश पाताल एक कर दिये फिर भी लगन न हाथे कुछों बैठ जाओ मास्टर साहब गधे कही के एक अक्षर आना न जाना चले आए मूह उठाके तुम में और गधे में कोई अंतर नहीं हैं||

मास्टर: सोचने लगा कि अब क्या हो कही मास्टर जी भगा तो नही देंगे स्कूले से मेरा एडमिन भी नहीं हुआ हैं| यदि जान जाएँगे तो भगा देंगे तब मैं क्या करुंगा ,कहा जाऊंगा ,कैसे नौकरी मिलेगी क्या मैं जिंदगी

भर मूस के चोखा ही खाऊँगा क्या इसी के लिए ही मैं जन्मा हु? मास्टर अपने आप को दोषी बनाने लगा और व सोचता हैं कि अब मैं जीवन में कुछ नही कर पाऊँगा | वह इस हद तक परेशान हो जाता हैं कि अब घर नहीं जाऊंगा यहा से भाग जाऊंगा कही पर वह यह सुनहरा सपना देखे तब तक टुन-टुन-टुन कि घंटी बज गयी मध्याह्न भोजन (रेसस) का सभी बच्चे भागने लगे थरिया(थाली) लेकर मास्टर भी हिम्मत करके उठा और खाना खाने गया||

प्रधानाचार्य: अरि मास्टर यहा बैठ जाओ सभी बच्चे बनाकर बैठ जाओ मास्टर साहब(प्रधानाचार्य)जी सभी बच्चे को कहने लगे सब बच्चे बैठ गए और प्रधानाचार्य के हटते ही सभी थरिया बजाना व पीटना चालू कर दिये| मास्टर बेचारों ऐसे बैठे मानो नववधू बैठी हो |

"लेकर खाना रसोइया वाली
लगी परोसने बारी-बारी
सब बच्चन के आवे पारी
कब देगी ये दाल काली"

सभी बच्चे खाना खाने लगे मास्टर भी भोजन ग्रहण करने लगे कुछ देर तक खेल कूद हुआ फिर सभी बच्चे कक्षा में आ गये| अंतिम पीरियड(last period) चल रहा था कुछ देर बाद छुट्टी कि घंटी बाजी सभी बच्चे बाहर आए फिर से प्रधानाचार्य जी ने सभी बच्चो को बुलाया कि उल्टी गिनती बोलो उसमे मास्टर भी था| सभी बोलने लगे 100 पूरी 99बे ,98बे ,97बे मास्टर को आ तो नही रहा था पर कोकिला के आवाज कभी धीमा तो कभी ऊंचा बोलता यू ही उसने पूरी उल्टी गिनती बोल दिया| छुट्टी हो गया सभी बच्चे घर कि ओर चल पड़े पर मास्टर नहीं गया वह सुबह की बातों पर ही विचार-विमर्श कर रहा था कि अब क्या मुझे तो स्वर तक नही आता सोचते हुए बगीचे की तरफ जा रहा था| शाम होने ही वाला था कुछ छण में तब तक उसे कुछ बच्चे मिले एक 25 दूसरा 24

मास्टर बेचारा 12 के क्या करे?

मास्टर को बहलाने फुसलाने लगे कि चलो हम तुम्हें अपने पापा से बात करके नौकरी दिला देंगे पढ़ने कि भी जरूरत नहीं पड़ेगा कुछ देर

सोचने लगा क्या सच में बिना पढे नौकरी मिलती हैं|

साहब ठहरे बच्चे क्या करता लत लगी थी नौकरी की चलने के लिए तैयार भी हो गया लेकिन उसने कुछ छण के लिए सोचा कि बाबू जी को बताए नही हैं माई भी परेशान हो रही होगी|

मास्टर: उनसे कहता हैं की जाओ हम कल नौकरी करने चलेंगे आज नहीं लेकिन उनके मन में तो खोट था वे लोग कहा मानने को तैयार थे| वे लोग कहने लगे अरे नहीं तुम यदि आज नही गए तो नौकरी नहीं मिल पायेगी तब तुम्हें पढना पडेगा| और ये भी न मालूम की तब नौकरी मिल पाएगी की नहीं मास्टर बड़ी सोच में पड गया यह तो वही बात हो गयी **आगे कुँआ पीछे खाई** अब करे तो करे क्या ? अंत में वह चलने के लिए तैयार हो जाता है | वे लोग उसे लेकर चले जाते हैं इधर मंगरु भी काम से लौट आया था हाथ मुह धोने के बाद वह कहता हैं

हरे मास्टर कहा हवे पर मास्टर नही सुना, सुनेगा भी कैसे जब हो तब ना सरिता उदास व बेचैन होकर बाहर निकली व बड़े मन दबे से उत्तर दिया अभी वह स्कुले से नहीं आया हैं | सरिता को भी उदासी ने घेरा हुआ था सुबह औरतों की बातों ने शायद कही अपने नए दोस्तो के पास गया हो पर मंगरु को तनिक चिंता हुआ पर उसने भी उतना ध्यान नहीं दिया|

मंगरु: चलो ठीक हैं कुछ खाने को दो चूहा **दौउड़ रहा बा पेटवा मे चूहवा जाई त चूहा-चूहा मिलके खेलिहे** इतना कहते ही सरिता हस पड़ी की मास्टर का मास्टर के बाबू उमर तहार बितत हवे लेकिन तहार मज़ाक नहीं जाई| मंगरु टोंच मारते हुए कहता हैं **हम बुढ हो गईनी त का धनिया अभी उमर हवे** सरिता जोरों से हसने लगी यू ही दोनों का हसी मज़ाक चलता रहा| कुछ छड शाम होने ही वाला था||

मंगरु: सरिता शाम हो रहा अभी तक मास्टर नहीं आया कहा गया होगा ? किसके घर गया हैं ?

मंगरु बेचैन परेशान पहिन अधोवस्त्र बांध गमछी चल दिया स्कूल की तरफ वहा पहुचा तो स्कूल सन्नाटे से गूंज रहा था|

कोई नहीं आस पास सब गायब ऐसा लग रहा था जैसे कब्रिस्तान में आ गया हो और कुछ समय में कब्र तोड़ कर आत्माए आने वाली हो मंगरु वहा से चला जाता हैं कुछ दूरी पर जाने पर उसे कुछ लड़के की टोली मिली

उसमे से रामू कहता हैं | का रे मुसहरवा कहा निकला हय पढे आया है क्या ? मास्टरवा आया था पढ़ने मंगरु रुककर पूछता हैं | कहा हैं भैया हमार मास्टर

रामू: बहुत अकड़ के बात करता हैं काहे बताई रे भाग जा यहा से नहीं तो उठा के उलट देंगे समझा

मंगरु: बताय दो भैया हाथे जोड़ रहे हैं बाबू बताई दो| गीडगिड़ाने लगता हैं अंत में उसके आंखो में अमृत आने ही वाला था की रामू को उसके ऊपर दया आ गयी और बता दिया विधायक पंडित के लड़के उसे लेकर गए हैं | बाकी हम नही जानते हैं की क्यो लेकर गया?

मंगरु : धन्यवाद भैयो

रामू : चल- चल ठीक हैं , जा यहा से नहीं उलट देंगे

मंगरु उतने में ही वहा से चल देता हैं | विधायक जी के घर विधायक एक गुस्सैल व निर्दयी इंसान था वह जात-पात में बहुत भेदभाव करता था | अगर कोई मिश्रा या सिंह उसके घर जाये तो हाथ मिलाकर गले लगाकर उसका स्वागत करता वही यदि छोटी बिरादरी का कोई आता तो उसे कुत्ते की तरह धितकारता और सही ढंग से बात न करता था | उसी की तरह उसके दोनों पुत्र थे बाप के पैसो पर अत्यधिक घमंड व बड़े छोटे का कोई लिहाज न था राम (25) नाम तो राम लेकिन काम रावण जैसा था | गरीब बच्चो को वह बहला फुसलाकर ले आता और उन्हे नौकरी का झासा देकर उनसे फ़ैक्ट्री व मिलो में काम करवाता| श्याम (24) वह बच्चों को धमकाता और अपने बाप के साथ गरीबो को कैसे लूटते व अत्याचार करते हैं उसके बारें में अपने बाप से राजनीति सीखता था ?

शासन व समाज के लोग इनसे उलझने से पूर्व सप्त बार सोचते थे क्योंकि यदि कोई दखल किया तो ये लोग उसे घर व हर जगह से बेदखल कर देते थे | हर जगह इनका ही बोल बाला था यहा तक प्रधान भी इनके यहा जाता तो नदमस्तक होता इसी तरह से इनका अत्याचार चलता रहता था जैसे ही मंगरु उनके घर के दरवाजे पर पहुचा तो चौकीदार खड़े थे| क्या मेरा मास्टर यहा आया था साहब ?

चौकीदार: आँख दिखाते हुए कहा कौन मास्टर ?

क्या नाम हैं तेरा ?

कोई मास्टर यहा नहीं आया |

मंगरु : गिड़िगड़ाने लगा साहब हमरे एको लाल हैं अगर कऊनो गलती हुआ तो माफ कर दीजिए सरकार इतना कहते कहते रो पड़ा

चौकीदारः चल चल ठीक हैं मैं देखता हु | वह अंदर गया और राम प्रसाद सिंह (विधायक) से बोला सर आपसे कोई मिलने आया हैं मंगरु नाम का मुसहर हैं | अपने बेटे मास्टर को लेने आया हैं

विधायक : गुस्सैल मिजाज में बोला बुलाओ उसको अंदर और हा उसका हाथ मुह सुद्धिकरण करवा कर ले आ वह मुसहर हैं समझ गया|

चौकीदार : जी सर

चौकीदार : पहले अपने हाथ साफ करले व पानी लेकर कुल्ला कर ले पैर भी साफ करले तब अंदर चल समझा (ज़ोर देते हुए चौकीदार बोला समझा की नहीं)

मंगरु : अच्छा साहब इतना कहकर मंगरु ने **सुद्धिकरण** कर लिया तब वह अंदर प्रवेश किया | वह गया तो जरूर था परंतु उसे अंदर जाने में डर लग रहा था और ये भी सोच सोच के घबड़ा रहा था कि कही ये लोग मेरे मास्टर को कुछ कर तो नहीं दिये होंगे| सोचत सोचत वह पहुचा विधायक के पास साहब नमस्ते

विधायकः क्या रे कैसे आया यहा बोल

तुम्हारी इतनी हिम्मत बढ़ गयी हैं कि तुम हमारे घर तक चले आए मुसहर बैताल

मंगरु : मंगरु चुप रहकर सुनता रहा और कुछ देर बाद कपकपी आवाज में बोला साहब मेरा लड़का आया हैं आप के यहा उसका नाम मास्टर हैं | आपके लड़के मेरे लड़के को बहला कर ले आए हैं साहब

विधायक : जानता हू कि तुम्हारा लड़का हैं लेकिन अब वह नहीं जाएगा| यही नौकरी करेगा और यही रहेगा समझा

उसे अब हम पढ़ाएंगे-लिखाएंगे |

मंगरु : **खुश होकर** बोला ठीक है माई बाप इतना तो उसने बोल दिया पर उसके मन कि खोट को न समझ पाया कि वह पढ़ाएगा नहीं बल्कि खटवाएगा व मरेगा पिटेगा | इतना सब सुनकर मंगरु खुश मन विधायक को नमस्कार करके कहता हैं ठीक साहब जब आप हैं सरकार तो मेरा

मास्टर बिल्कुल अच्छे से रहेगा | जब दिल होगा तब आकर मिल लूँगा ||

विधायक :: ठीक हैं, ठीक हैं अब तू जा यहा से

मंगरु : वहा से चला जाता हैं बिना मास्टर को एक नजर देखे उसे इतना विधायक पे विश्वास हो गया था व नौकरी कि इतनी इच्छा थी कि उसने उसके आगे कुछ जानने कि इच्छा ही नही रखी|

"बड़ बाप के लड़के

गरीबो से करते अकड़ के बात

गरीबों का करते हैं तिरस्कार

तनिक भी नाहीं संस्कार "

मंगरु : घर पहुचा सारी आप बीती उसने सरिता को बताया सरिता ने भी लंबी सांस ली और सोचने लगी हे प्रभु आखिरकार कुछ तो अच्छा किया | आपने इस गरीब दुखिया की बात सुन लिया वह ईश्वर को धन्यवाद करने लगी बार बार पर वह नही जानती थी जिस पुत्र के लिए भगवान से आग्रह कर रही हैं वह वहा किस परिस्थिति में होगा | परंतु वह तो सिर्फ मास्टर ही जानता होगा की क्या हाल हैं मेरा ?

यहा तो मंगरु और सरिता घी के दिये जला रहे हैं पर वह मास्टर के लिए अंधकार का दिया जल रहा होगा | इसमे सिर्फ एक ही सार स्पष्ट दिखता हैं मंगरु और सरिता के लिए चलती नाव की तरह हैं | पर मास्टर के लिए यह डूबी नाव हैं जिसपे बैठा तो मास्टर पर उसको पता नहीं हैं की उसकी नाव कितनी दूर तक डूबेगी | बस यू ही लहरों के साथ बहता चला जा रहा हैं |

चौकीदार: एक दिन मास्टर से कहता हैं की ए लड़के क्या कर रहे हो ? काम सही से तो कर रहे हो न चौकीदार मास्टर को बात बात पे पीट देता और उसे नीचा दिखाता और धकाधक गाली देता यदि मास्टर कुछ बोले, जवाब दे तो उसे लाठी से मारता और खाने तक को नही देता | इसी तरह से निरंतर उसकी पीटने की क्रिया चलती रही पर मास्टर समझ नहीं पाता की क्या हो रहा हैं ? पिटाई पाकर वह पुनः अपने नौकरी कम बैल की नौकरी पर लौट जाता था | क्या करे नौकरी की इतनी इच्छा जो थी? एक दिन मास्टर ने गुस्से में आकर चौकीदार को जवाब दे दिया और

ढेले से उसके सिर पर मार दिया |

चौकीदार आग बबूला हो गया और जल पान सप्त दिवस के लिए बंद कर दिया |मास्टर को भूख लगती पर क्या करे बेचारा ? इसी तरह उसका सारा दिन भूखे पेट बीत जाता पर उसको खाने तक को नहीं मिल पाता|

विधायक : एक दिन विधायक अपने फार्म पर निरीक्षण करने आया सब मजदूर व बच्चे काम कर रहे थे | जैसे जब हमारा भारत गुलाम था और अंग्रेज़ बच्चो व बूढ़े आदमी और सभी पे अत्याचार करते और उन्हे धितकारते थे ठीक उसी तरह से राम प्रसाद सिंह (विधायक) भी करता था | कुछ दूर उसने नजर घुमाया तो उसे मास्टर दिखा पर वह ऐसे बैठा था जैसे की किसी को बड़ी तकलीफ व कई दिनो से कुछ न खाया हो और वह अपने बॉस से तंग आकार नौकरी से इस्तीफा देना चाहता हो | विधायक ऊंची आवाज में बोलता हैं ए मास्टरवा का कर रहा हैं मास्टर डरते हुए आया मालिक दौड़ते हुए विधायक के पास आया | विधायक को मास्टर के खिलाफ चौकीदार ने भड़काया था विधायक ने अपना सारा गुस्सा थप्पड़ व हाथो से पुजा करके निकाल दिया और चल पड़ा |

मास्टर : मास्टर पिटाई के बावजूद अपने राक्षस के समान मालिक को कुछ नहीं कहा क्योंकि वह सोच समझ गया था की मालिक मेरे भले के लिए मुझे डांट रहे ताकि मुझे नौकरी मिल सके | पर वह यह नही जानता था की जिसे वह भगवान समझ रहा हैं दरअसल वह साक्षात एक निर्दयी इंसान हैं जो उसे नौकरी नहीं बल्कि खटवाएगा | क्या करे बेचारा समझ नहीं पाया बच्चा जो ठहरा | उसकी बातों में आसानी से आ गया | उसे सिर्फ ध्यान व दिमाग में था तो सिर्फ नौकरी जिससे वह अपने घर वालों की हालात बदल सके ताकि चूहे न खाने पड़े न ही उसके बने चोखे, और प्रतिशोध भी तो लेना था | इसी तरह से मास्टर के साथ निरंतर क्रिया चलती रही |

मंगरु : बहुत दिनो के बाद मंगरु सरिता से कहता हैं की सुन रही मास्टर की माँ अरे चलो आज मास्टर को देख आए | बहुत दिनो से उसे देखा नहीं हैं बड़ा दुबला हो गया होगा पढ़ते-पढ़ते |

सरिता : हा आज ही चलते हैं अपने भैयों को देखने नयन तरस गए हैं बिना देखे अपने लाल को चलिये रास्ते में कही बगीचे में अमरूद गिरा

होगा उसे खाने के लिए लेते चलेंगे और चोखे भी ले ले रही हु |

मंगरु : ठीक हैं भाग्यवान जल्दी करो जो लेना हो अब तनिक भी सब्र नही हो रहा हैं |

सरिता : जी

"करके उसके साथ धोखा
लेय सरिता मूस राज क चोखा
चल दिया मंगरु बान्ध पगड़ी
बीच-बीच में चप्पल जात रगड़ी "

कुछ समय तक चलने के बाद उन्हे एक बगीचा दिखा परंतु उसमे कही भी एक फल भी नहीं दिख रहा था | दिख रहा था तो सिर्फ हरे पत्ते जो तरु की सुंदरता हेतु कुछ दूरी चलने पर एक अमरूद से लदा बगीचा दिखा जिसमे अमरूद तो बहुत सारे पर मुरछाए हुए | मंगरु सरिता से कहता हैं इसमे से ही तोड़ लेते हैं आगे अब कही तरु नहीं हैं| ठीक हैं | मंगरु बगीचे में गया और हय हय हय रे उर्र उर्र रे, कहकर डाल पर बैठी पक्षियों को भगाने का प्रयत्न करने लगा | पक्षिया तो नहीं उडी पर बगीचे का मालिक जरूर उठ गया ज़ोर की आवाज मे कहता हैं कवन रे ,वृद्ध था |

मंगरु : बाबूजी हम हई मंगरुवा मुसहर अच्छा का रे मुसहरवा का करत हये एहिजे | कुछ नहीं बाबू जी आपके पेड़ पर चिड़ियाँ अमरूद खा रहे थे हम दोनों घर जा रहे थे तो सोचे बाबू जी के अमरूद खात हये रुक रुक अच्छा चल ठीक किया (बूढ़ा ब्यक्ति प्रसन्न हो गया) और बोला ठीक हैं ले कुछ हरे अमरूद पाकर अमरूद दोनों बहुत खुश हुए | दोनों वहा से उसको जय राम करके चल देते हैं | मंगरु मन ही मन सोचते हुए चल रहा था कि मैंने झूठ बोला कि आपके अमरूद कि देखभाल कर रहा था कही भगवान मेरे मास्टर को नौकरी नहीं मिले तो वह मन ही मन ये सारी बाते कहकर अपने आप को कोशने लगता हैं |परंतु कभी-कभी सच के लिए बोला झूठ-झूठ नहीं होता हैं ये समय कि मांग हैं चलते चलते दोनों लोग विधायक के घर पहुच गए विधायक के घर चमचो से पुनः मिलान हुआ | लेकिन पूर्व से बेहतर ब्यवहार पर रवैया वैसा ही अब पहचानने लगा था परंतु नाम से नहीं मुसहर जाति से |

चौकीदार : ऊंची आवाज में बोलता हैं क्या हुआ क्यो आया हैं | उनको झूठा आस्वासन देते हुए कहता हैं तोर मास्टर बढ़िया हैं |

मगरू : साहब अपने मास्टर से मिलने आए हैं बड़ा दिन हो गया हैं उसे देखा नहीं हैं उसे कह दीजिये उसके माँ और बाबूजी आए हैं

चौकीदार : उसे परेशान मत करो वह बहुत अच्छा पढ़ रहा हैं और उसे छुट्टी नहीं मिलता वह बहाने बना रहा था और अनेकाएक बहाने एकत्र करके चिपकाने कि कोशिश कर रहा था |

मंगरु : जिद पे अड़ा रहा सरिता भी आग्रह करने लगी पर वे लोग इनकी एक नहीं सुन रहे थे दोनों बड़े उदास व निराश हो गए और उससे बोलने लगे कि साहब अब हमारा मास्टर यहा नहीं रहेगा | इतना बोलकर नीचे बैठ गया मानो भीतर से एकदम टूट सा गया हो सरिता के आँख में गंगा कि तरह धारा बहने लगा | वे लोग सिर्फ इतना कहते कि जो लाया हैं हुमे दे दो हम उसको दे आएंगे

आसू पोछ बांध हिम्मत खड़े हो जाते हैं|

"कर दिये सारे प्रयत्न मिलने के चूर
फिर भी कर ना पाये नूर
पता नही कब सुनेंगे बाबू जी के सुर
चल दिये घर कि ओर लिए गमछी भूर "

क्या करे अंतिम अवसर था ? दे दिये रूखी सुखी फिर भी मन नहीं मान रहा पुनः प्रयत्न किए लेकिन वे लोग मानने को तैयार नहीं|

चौकीदार : जिस तरह संख बोलता हैं उसी भांति एक ही धुन में तेजी से बोलता हैं एक बार में समझ नहीं आया तुमलोगो को दया दिखाते हुए कहता हैं| कैसे पिता हो जो बच्चे का भविष्य नहीं देख रहे हो ? सोचेगा भी कैसे हैं तो सुद्र मुसहर ही न ? इतना भाषण देने के बाद वह मालिक के बड़े लड़के को बुलाया ताकि वही इन्हे यहा से भगाये |

राम : राम कम रावण आया क्या रे मंगरुआ क्या तकलीफ है तुम दोनों को ? बोल बोल जल्दी सारी बातें दोनों ने रावण को बताई और पूछा क्या लाया हय रे ? मुसहर

मंगरु : छोटे साहब ई गरीब का लाई रूखी सुखी हैं और तनिक अमरूद हैं और मूसवा के चोखा हैं साहब

राम : छी-छी-छी दूर कर यहा से उसका मन बड़ा खराब सा हो गया मूस के चोखे का नाम सुनते ही वह फटकार लगाते हुए कहता दूर कर रे मंगरुआ मंगरु हटा लेता हैं और कहता हैं बाबूजी हमरो मास्टर को दे दीजिएगा | मार देंगे उलट जाएगा मूस के चोखे को लेकर जा सिर्फ अमरुख रख दे नीचे वह अमरूद रखकर मूस राज को लेकर दुखी पर तनिक खुशी के साथ वहा से चला गया| वह लोग घर तो पहुच गए पर मन उदास व अत्यधिक चिंता मास्टर की सताया हुआ था | मन ही मन सोचते हैं की कही मेरे मास्टर को कुछ हुआ तो नहीं ,वह पढ़ रहा हैं की नही ।क्या कर रहा होगा ? विचित्र व चिंतित विचार मन में आ रहे थे | सरिता को आश्वासन देते हुए सरिता से कहता हैं नहीं नहीं भाग्यवान ऐसा कुछ नहीं हुआ होगा पर सरिता का मन मानने को तैयार नहीं उसके जीवन अंतराल में घटित सारी घटनाए को सोच सोच कर घबड़ा व परेशान हो रही थी | और ऐसा न हो वैसा न हो कहकर परेशान हो रही थी|

लेकिन कही न कही उसे पुनः विश्वाश हो गया की मेरा मास्टर अच्छे से पढ़ाई कर रहा होगा दोनों लोग आपस में एक दूसरे को आश्वासन देकर अपने मन को दबाये व साकारात्मक सोचने की कोशिश कर रहे थे | एक दिन चौकीदार व विधायक के बेटे ने आपस में विचार-विमर्श कर रहे थे कि मास्टर को बेच या मार डालते हैं इतना कह ही रहा था की मास्टर ने सुन लिया | वह बहुत डर गया था उसके मन में अनेक प्रकार की विचार धारा आने लगी | वह सोचने लगा की ये लोग क्या कह रहे हैं ? क्या ये लोग सच में मुझे मार डालेंगे ? उसे यकीन नहीं हो रहा था ठहरा जो 12 का क्या समझेगा ? परंतु उसे धीरे-धीरे सब समझ आ गया की ये लोग सिर्फ मुझसे इतने दिनो से काम कारवा रहे थे | क्या सचमुच ये और बच्चो की तरह मुझे भी मृत्यु दे देंगे यह कोई सपना नहीं सच था क्योंकि उनके लिए ये आम बात थी | वह वोट पाने के लिए कभी छोटे बिरादरी के लड़को को मारते तो कभी उनका अंग अंग नष्ट करके उनका माल सब्जी फल की तरह बेच देते थे | यह प्रक्रिया अब मास्टर पर होने वाला था मास्टर बड़ा एसपीसीएच में पड गया और सोचने लगा की अब नौकरी नहीं मिलेगी , ना ही अब दाग पाएंगे अपने

आप को कोसते हुए कहता हैं की इससे अच्छा तो मेरा चोखा ही मुझे कुछ नहीं चाहिए , मुझे कुछ नहीं बनना हैं मैं मुसहर ही ठीक हु मैं उनसे माफी मांगने के लिए भी तैयार हू | शायद भगवान ने मुझे सिर्फ मूस के चोखे खाने के लिए भेजा हैं इतना कहकर वह रो पड़ा और सोचने लगा की मेरे बाबूजी मुझे देखने तक नहीं आए | अब मुझे थरिया देने वाली भी नहीं आई अब कौन कहेगा ? खाय ल बाबू मास्टर कौन कौन ? वह बहुत ही उदास व घबराने लगा था कि अब मैं क्या करू ? कैसे बाबूजी को बताऊ ? वह अपने कमरे में जाता हैं वही एक पेन और कॉपी पड़ा था वह उतना लिख तो नहीं पाता था पर इतना मालूम की काम चल जाये टेढ़े में टूटी फूटी अक्षरो में क्या लिखता हैं वह खुद भी समझ नहीं पा रहा था पर हा ये जरूर की उसको जो लिखना था वह मन में ही लिख व पढ़ चुका था|बस इतना ही उसको लिखने आता था इतना लिखकर पन्ने को लेकर बाहर आ जाता हैं और वही पे काम करने वाले एक वृद्ध को दे देता हैं की दादा जी अब हम नहीं रहेंगे | ये पन्ना हमारे बाबू जी को दे दीजिएगा इतना कहकर वह रोने लगा दादा जी उसे चुप कराने लगे और आश्वासन देते हुए कहते हैं की तू चिंता मत कर मास्टर हम कुछ करते हैं | इतना कहकर वह बाहर की ओर पन्ने को लेकर जाने लगे कुछ दूरी पर पुलिस थाना था | उसने सारी बात पुलिस अधिकारी को बताते हुए कहता हैं कि साहब मैं विधायक जी के यहा 60 साल से नौकरी कर रहे हु एक लड़का 12 मास्टर हैं उसकी दिली ख़्वाहिश पढ़ने कि थी पर विधायक जी के लड़के ने उसे बहल-फुसला कर उसे नौकरी का झासा देकर काम करवा रहे हैं वह एक मुसहर बिरादरी से हैं | उसके माँ बाप तक को वे लोग उससे मिलने कि अनुमति नहीं दे रहे हैं वे लोग कई बार आए परंतु उससे मिलने नहीं दे रहे हैं | आज प्रातः ये लोग मास्टर को मारने कि साजिस रच रहे हैं आप से अनुरोध हैं कि हमारी मदद कीजिये थाना अध्यक्ष मुंशी जी को आश्वासन देते हुए कहता हैं कि आप जाइए चाचा जी हम कुछ करते हैं | अगली सुबह पुलिस विधायक के घर पहुच गयी परंतु अंदर उनको भी जाने कि अनुमति न थी चौकीदार ने उन्हे भी रोकने कि कोशिश किया पर नाकाम रहे वे लोग विधायक को बुलाने लगे पर कोई हलचल नहीं मानों मातम छा गया हो | इसी मातम में छुटका

ताव देते हुए आया और बहुत उग्र भाव से कहता हैं कि क्या हुआ रे ? क्या करने आया हैं ? छुटका उसको मुसहर समझ रहा था पर ये नही जानता कि एक पड़े तो सब अकड़ निकल जाएगा | पैसा कम पड गया क्या ? क्या करने आया इधर ?

इंस्पेक्टर : क्या तू ही विधायक का लड़का हैं ?

बड़ी घमंड से कहता हैं हा हम ही हैं कोई शक इसमे कौन सा शक होगा जैसा बाप उसी भांति बेटा भी

जुबान को लगाम देकर बात करो शेरो शायरी हो ही रही थी कि उनकी आवाज सुनकर विधायक जी रावण के भाति एक के बाद एक पाव सीढ़ियाँ के ऊपर रखते हुए मुछों को ताव देते हुए आया |

विधायक : क्या तकलीफ हुई मिश्रा जी ? क्या करने आए हैं ? बैठ जाइए

इंस्पेक्टर : बैठ तो जाएँगे पहले काम कि बात कर लिया जाये विधायक जी

विधायक : बोलिए मिश्रा जी क्या हो गया ?

इंस्पेक्टर : विधायक जी कोई मास्टर नाम का लड़का आपके यहा हैं विधायक तो पहले आन-कानी करता हैं और थानेदार को चेतावनी देते हुए कहता हैं आप तो जानते होंगे अच्छी तरह हम कौन हैं हैं ? तो मिश्रा जी तनिक देखकर व परख कर उलझिएगा नहीं तो आप यहा से चल देंगे पर थानेदार भी कम नहीं वह भी जिद पे अडा कि जाएँगे तो उसे लेकर बात विवाद में में थानेदार कहता हैं कि विधायक जी अब आप एक ताले व चाबी का इंतेजाम करले नहीं तो हमारे पास तो है ही| थानेदार भी चेतावनी देते हुए बोला आप जो कोई भी हो पर मैं जनता का नौकर हु और आप भी दोनों में युद्ध चल ही रहा था कि मुंशी चाचा ने थानेदार को इशारा करते हुए फार्म कि ओर जाने के लिए कहते हैं | थानेदार थोड़ा नरम भाव से कहता हैं विधायक जी आइये थोड़ा घूम लिया जाये विधायक ने भी मना नहीं किया चलिये मिश्रा जी थानेदार ने विधायक को थोड़ा ठंडा करने के लिए कहता हैं विधायक जी आपका घर तो महल हैं ,बगीचा तो ऐसा प्रतीत हों रहा मानो जैसे राजाओ का बागवान हो | विधायक भी मन ही मन सोचने लगा कि डर तो जाएगा

ही हम ठहरे विधायक कहा ये ? तब तक मुंशी चाचा मास्टर को ले आए मास्टर को मुंशी चाचा के साथ देखकर विधायक सब समझने लगा था कि इसने ही सब किया हैं थानेदार को भी इसने ही बुलाया हैं | मास्टर पुलिस को देखते ही डर तो गया थोड़ी देर के लिए पर चैन कि सांस लिया लेकिन उसे अब भी विश्वास नहीं हो रहा था कि क्या ये मेरी मदद करेगा ये भीं तो विधायक के बिरादरी का हैं ? क्योंकि जो पहले पुलिस वाला आया था वह विधायक का ही आदमी था सारी बातें सोचने लगा | तभी थानेदार मास्टर से पूछता हैं क्या तुम्हारा नाम ही मास्टर हैं ? क्या तुम्हें विधायक जी के लड़के लेकर आए थे ? सारी बातें पुछने लगा पर मास्टर को अंदर ही अंदर डर लग रहा था कि कही मैं बता दूंगा तो ये मुझे मौत के घाट उतार देगा और माई बाबूजी भी बड़े परेशानी में आ जाएंगे | वह बड़े दुविधा में फस गया था क्या बोले क्या नहीं ? थानेदार ने पुनः हलचल किया क्या मास्टर बोलो ? मास्टर ने भी सोच लिया था जो होगा अब देख लेंगे |

मास्टर : हा सर जी इन्ही के लड़को ने मुझे यहा लेकर आए थे इतना कहकर बेचारा रो पड़ा | विधायक ने बात को घुमानी कि कोशिश किया पर नाकाम रहा विधायक भी अपनी पहचान को बताने लगा बड़ी बड़ी हाकने लगा पर कुछ न हो पाया सब पहचान सब पावर धरी कि धरी रह गयी |कहते हैं ना झूठ का घड़ा कभी न कभी फुट ही जाता हैं भले ही वह कितना भी शक्तिशाली क्यो ना हो ? पुलिस वालो ने विधायक को भी अरैस्ट कर लिए और धमकी देते हुए कहते हैं | क्या रे विधायक क्या कर लेगा ? बोल इतना कहकर वह उसे गिरफ्तार कर लेते हैं रावण भी कुछ नहीं कर पाया श्याम बजाते रह गए बंशी विधायक को कुछ सालों की सजा व जुर्माना लगा| थानेदार ने मुंशी चाचा को धन्यवाद करते हुए व सभी लड़को व बुजुर्गो को भी वहा से निकालकर उनके घर पहुचा दिया और मास्टर से कहता हैं साहब अब आपको छोड़ दू या आप अकेले ही चले जाएँगे पर मास्टर को अकेले नहीं जाना था| वह थानेदार की जीप में बैठ कर जाना चाहता था ठीक हैं आप छोड़ दीजिये। ठीक हैं बैठो| मास्टर आखरी बार चाहता था की साहब की तरह बैठू और बातें करू | थानेदार और मास्टर बैठ कर जाने लगे | मास्टर बार-बार थानेदार की

वर्दी को देखता और सोचता की वर्दी पहन कर विधायक ,प्रधान , पंडित को पीट रहा हु व बंदूक की तरफ देखर सोचता हैं उससे सभी को दाग रहा हु एकदम साहब के माफिक सोचते सोचते पहुचा बाबू साहब घर थानेदार क़हता हैं | साहब आ गया आपका घर और उसे अच्छी तरह समझाता हैं व कहता हैं पढ़ोगे मास्टर

मास्टर : नहीं

थानेदार : क्यो ?

मास्टर : अब मुझे नहीं पढना

उसके आगे थानेदार ज्यादा कुछ नहीं कहता हैं बिना दोनों से मिले वह चला जाता हैं मास्टर थोड़ा दुखी जरूर पर कहता हैं माई बाबूजी दोनों खुशी के मारें दौड़ते हुए बाहर आये और मास्टर को देखते ही माँ रोने लगी चुमने लगी दुलार प्यार करने लगी |

बाबूजी भैयों मास्टर भैयों कहकर पुकारने लगे और आंखे नम हो गई | सभी बहुत खुश थे पर जब पिता जी ने मास्टर से पूछा बेटा कैसे आया ? विधायक के यहा कैसे पहुचा ? सारी बातें कहकर रोने लगा मास्टर ने सारी बाते उनको बताई तभी सरिता ने श्राप देते हुए कहती हैं उसे भगवान कभी खुश नहीं रखेगा एक गरीब की हाय हैं | बाबूजी भी आग बबूला हो गए पर कुछ छड में सब लोग भूल गए मास्टर भी एक सपना समझकर सब कुछ भूल जाता हैं | और खुशी-खुशी वे लोग चोखा खाते हुए बाते करते हैं अब मास्टर को नौकरी नहीं चाहिए न ही प्रतिशोध लेना अब वह बाबूजी के साथ काम में सहयोग करेगा व उनके साथ रहेगा | इसी तरह उनका जीवन यापन चलता रहा कई साल बीत गए मास्टर भी अब 20 का हो गया था | बड़ा सा ,सावला सा व दुबला पतला मंगरु सरिता भी ज्यादा वृद्ध तो नहीं हुये पर कुछ तो जरूर फर्क इतने सालो बाद परिवर्तन इतना ही की अब चोखे के साथ साँप व रास्ता काट से तो अशुभ माना जाता हैं उसको भी खाने लगे थे | अब सिर्फ मास्टर घर का काम करता व गांजे फुकता जो भी कमाता उसी में उड़ा देता | जो बचता उसे अपने जमीनी बैंक में खोदकर जमा कर देता कोई करोड़ो या लांखो नहीं अठन्नी व एक दो रुपया जमा करता था |

3

मास्टर की शादी

कुछ दिन बाद दूसरे मुसहर बिरादरी के लोग मास्टर की शादी के लिए आए बाला का नाम मुन्नी था | मगरू और सरिता को तो मुन्नी पसंद थी बस इंतेजार था तो मास्टर के जवाब का सब साहब की राह देखते देखते थक गए आखिरकार आ ही गए | मुन्नी को देखकर मन ही मन खुशी के मारें जी मचल रहा था लेकिन मास्टर को कुछ खबर ही न था की क्या हो रहा हैं ? कौन हैं ? क्यो आए हैं ? पर दोनों लोग मन ही मन एक दूसरे को पसंद करने लगे थे नैनचार हो ही रहा था की मा कहती हैं मास्टर अरी बेटवा तेरा ससुर सास आये हैं **पाव लगला लाल**

मास्टर : थोड़ा दिखाने के लिए कि हमको अँग्रेजी आता हैं टूटी फूटी लड़खड़ाते स्वर में कहता हैं कि **हल्लों काइसो** हो मुन्नी बड़ी आनंदित होती है व सोचने लगती हैं कि मेरे तो बड़े जानकार हैं सभी को मास्टर बहुत पसंद आया और मास्टर को मुन्नी को भी मास्टर सभी कि रजामंदी थी | मंगरु अपने होने वाले समधी से कहता हैं जब आप कहे तब दोनों का विवाह हो जाए |

समधी जी : जी बिहाने मुहूर्त हैं

ठीक हैं अब अनुमति दीजिये ठीक हैं समधी जी प्रणाम अरे अरे इतना कहकर वे लोग घर कि ओर प्रस्थान कर दिये | सुबह हो गया इधर सब लोग शादी कि बातचीत व तैयारी में लगे पड़े हैं उधर मास्टर पलटी मार के पड़े पड़े मुन्नी के सपने देख रहे हैं | इन्होने तो नाम तक छोटे मास्टर

का सोच लिया सपने देखते देखते सुबह से कब शाम हो गई पता ही नहीं चला | मंगरु पास के एक बाजार से सिंदूर कि डिबिया ले आया और एक स्टिलि मंगलसूत्र और मास्टर के लिए एक गमछी व कुछ मसाले चोखे के लिए सभी लोग तैयार थे| सिर्फ इंतेजार तो सिर्फ मुन्नी व उसके माता पिता का इधर सब लोग मूस राज को ढूँढने में लगे कोई जल्दी से मिल जाये तो चिकेन जैसा जल्दी से मेहमानो के लिए बना ले | ताकि उनके स्वागत में खिलाये ये मुसहर समाज के लिए बड़ी गर्व कि बात थी कि कोई चूहे का चोखा या जुसा बना के दे रहा हैं अगर उनके बिरादरी में कोई मूस के वैराइटी देता तो सभी खुश व प्रशंसा के पुल बाँधते थे | वे लोग भी आ गए और इधर मास्टर मूसराज को पकड़ने में लीन था कोई मिले तो बनाए जुसा पर प्रयत्न कर रहा था सभी लोग घर में प्रवेश किए | मुन्नी को मास्टर को देखे बिना सब्र नहीं हो रहा था आखिरकार प्रयासो कि अधिकतम सीमा पार करने के बाद गहरी खुदाई करने पर चार चूहे भाई हाथ लगे उतना तो उन सभी के लिए पर्याप्त था | मास्टर लेकर आया और मंगरु को दे दिया इधर मंगरु चूहो को लेकर घर के पीछे आया और साथ में चाकू भी उसने चूहो कि मुंडी पकड़ कर पूछ कि तरफ से दो तीन बार खिच कर पटकनी दिया उतने में तो राम नाम सत्य हैं|

सब तरह से पोस्टमार्टम करके मंगरु ने सरिता को दे दिया अब बारी आई शादी कि मास्टर भी तैयार हो गया था और मुन्नी भी जब दोनों को बाहर बुलाया गया | तो मास्टर आने में हीच किचा रहा था पुछने पर उसने उत्तर दिया बड़ी लाज लागत हय सभी लोग हसने लगे अरे दामाद जी लजाय त मुन्नीया के चाहे इतना कहकर वह हसने लगी | मास्टर नव-वधू कि तरह शर्माते हुए और मुन्नी कि तरफ देखकर अंदर ही अंदर बहुत खुश हो रहे थे मुन्नी का तो हाल ही ना पूछिए उनके खुशी का तो ठिकाना ही न था | वह इतना प्रसन्न थी मानो उसे हीरा मोती मिल गया हो या उसकी मन पसंद कि वस्तु उसे मिल गया हो |

" पकड़ भुजा , दाबी के गला
एक ही पटकनी पे चढ़ा माला
राम राम करते मर गया बेचारा
कोई न आया बचाने मुसहर न्यारा "

कोई झा जी तो मंत्र पढ़ने के लिए थे नही क्योंकि ऐसा कहते है हमारे समाज वाले की यदि मुसहर बिरादरी में मंत्र पढ़ने गए तो माह तक घर में प्रवेश व घर का अनाज तक ग्रहण नहीं कर सकते | क्योंकि ये अछूते व निचली जाति के व चूहे खाते हैं ये साफ सफाई नहीं रखते हैं ऐसी कई सारी तथ्य इनके बारें में हैं जो हमारे समाज के लोग कहते हैं | ऐसा नहीं हैं की ऐसा नहीं हैं कि 21वी सदी हैं तो ये कहना गलत हैं ये कहना अभी भी वास्तविकता देखने को मिलती हैं

मंगरु : बड़ी ताव में कहता हैं अरे हमसे ज्यादा जानेंगे क्या झा जी ? चलिये हम मंत्र पढ़ रहे हैं हम भी बहुत देखे हैं | इधर चूहा का लेग पीस बन रहा था दूसरी तरफ सभी सदस्य मंगरु के मंत्र पढ़ने का बेसब्रि से इंतेजार कर रहे थे | सरिता ने विवाह के लिए एक शिवलिंग घर पर ही तैयार कि थी वे लोग तैयार बांध के रुमाल में साड़ी कय पल्लू दोनों लोग उकरू मुकरू बैठ गए | मंगरु मंत्रो का गलत तरीके से उच्चारण कर रहा था और मंत्रो को बोलते हुए कहता हैं **मंगलेन राधा ओम शांति** इसी स्वर में टूटी फूटी गलत तरीके से मंत्र बोलता गया | उसको देखकर एक ही कहावत याद आता हैं **काला अच्छर भैंस बराबर** फेरे सादी सम्पन्न हो गए दोनों लोग बड़े बुजुर्गो के पैर स्पर्श करके आशीर्वाद लेने लगे सभी लोग गिफ्ट के रूप में खुश रहो बबूनि-बबुआ शेष था तो सिर्फ मेहमान नवाजी | सरिता से इशारो में अरी मास्टर के माई अरे भाई लगाओ थाली अब सब मुसहर साहब बन गए थे | सरिता दौड़ते हुए बिल्डिंग मे गयी एक बांस लंबा सा व एक फटी सी पन्नी उसे देखकर ऐसा महसूस हो रहा था मानो बुर्जखलीफा जितना लंबा हो |

और जैसे वह दम तोड़ने ही वाला हो और कह रहा हो मुझे नयी पन्नी से ढक दो ,नयी बांस लाकर मुझे नया पैर दे दो सभी को बारी बारी से परोशने लगी मास्टर चूहे को देखकर खुशी से कहता हैं माई देखने में इतना अच्छा लग रहा हैं तो खाने में होगा ? सभी लोग हसने लगे | वे लोग इस कदर उनके अंग-अंग को विपरीत कर रहे थे मानों कई वर्षो से भूखे थे

शादी खुशी के साथ समपन्न हो गया मुन्नी के माता पिता भी घर कि ओर प्रस्थान कर दिये आश्वासन व स्नेह देकर | मुन्नी व मास्टर

खुशी खुशी रहने लगे कुछ महीनो के बाद उनके घर नन्हा सा छुटका मास्टर का आगमन हुआ सभी के खुशी का ठिकाना न था | मास्टर का तो पूछिए मत अब तो अँग्रेजी में ही उससे बातें करते थे मुन्नी तो बस अपने लाडले के देखभाल में ही ब्यस्त रहती थी और मंगरु छाती ठोंक समधी व समधिन जी से कहता हैं हरी हमारे पोता हुआ हैं | आप तो नन्ना बन गए | मास्टर का पालन पोषण जैसा हुआ ठीक पर उसका पालन-पोषण करना बहुत ही मुश्किल हो रहा था क्योंकि कोई आमदनी न थी मास्टर भी कुछ ज्यादा काम नहीं करता था | और मंगरु भी कुछ ज्यादा काम नहीं कर पाता सरिता तो सिर्फ लाडले में भोर रहती थी | धीरे धीरे कुछ समय बिता पर उनका पता न चल पाया कि छोटा मास्टर बचपन से ही कुपोषित हैं जैसे कि हम जानते हैं मुसहर बस्तियों कि आर्थिक स्थिति बहुत ही ज्यादा नर्म व जर्जर होती हैं आज के समय में देखा जाये तो और भी अच्छी नही हैं | ये लोग जहा पर रहते हैं वहा साफ वारि नहीं होता हैं और होता हैं भी तो गंदा जलाशय जिसमे मरे हुए जानवर व कूड़ा कचरा फेंका जाता था और वातावरण बहुत प्रदूषित होता हैं | इनकी स्थिति के जिम्मेदार सरकार हैं जहा साफ सफाई रखनी होगी वहा नहीं रखते हैं क्योंकि यदि वहा रखेंगे तो पब्लिक कैसे देखेगी और कैसे हमारे जाल में फसेगी कि हम काम कर रहे हैं सरकारे सिर्फ देखावे के लिए हैं | रही बात **बेटी बचाओ बेटी पढ़ाओ** के नारे सरकारे लगाते फिरते हैं पर सच्चाई यह हैं कि आज भी हाशिये बद्ध मुसहर समुदाय वहा कि मुसहर महिलाओ कि स्थिति और भी ग्रसित हैं सरकार कि तरफ से कई नाम मात्र योजनाए हैं कि महिलाओ को iron कि गोलिया दी जाए परंतु आंगनबाड़ी आती तो जरूर हैं पर उनके पास पहुच नहीं पाता हैं उसे रास्ते में कही दूसरी जगह सप्लाइ कर देते हैं और सरकार कि दी हुई योजनाए के पैसे पुनः उनके खाते में चले जाते हैं होता हैं तो सिर्फ नाम कि योजना निकला हैं | और कुछ हद तक मिलता भी हैं तो सिर्फ ऊंची बिरादरी वाली महिलाओ को कुछ तो रहेम कर दो कम से कम खाने वाली वस्तुओ के लिए तो जातिवाद मत करो| माता को भरपूर पोषण न मिल पाने के कारण उनके बच्चे का उचित ढंग से विकास नहीं हो पाता हैं जिसके कारण उनके बच्चे मास्टर के बच्चे कि तरह कुपोषित हो जाते

हैं | ना वे कुपोषित बच्चे खा-पी पाएंगे न ही कुछ कर पाये न ही खयाली सपने देखने कि जुर्रत करेंगे| इन मुसहर महिलाओ के पास ढंग का खाना तक नहीं इनके बच्चे कुपोषित हो जाते हैं बस माँ बाप निहारते रहते हैं कहा से इलाज करवाए | मुन्नी व अन्य दलित महिलाए आंगनबाड़ियों से पोलियो व सत्तू के लिए कहती हैं तो पहले तो ये लोग इंकार देती हैं और इसके बाद कोई सुनवाई नहीं होता यदि ये लोग आगे शिकायत के लिए आगे आते हैं और समस्याए बताने के लिए पुलिस के पास जाते हैं तो अच्छे तरीके से खातिरदारी हो जाती थी | मुन्नी कि कुछ सुनवाई नहीं हुई चिल्लाते-चिल्लाते नई बहुरिया थक हार गयी पर कोई सुनने को तैयार नहीं और छोटा मास्टर बीमारियों में जकड़ कर दम तोड़ देता हैं | ऐसी कई घटनाए रोज़मर्रा का हैं मुसहर समुदाय के लिए ये कोई नई बात नहीं हैं पर इनके ऊपर कोई ध्यान नहीं देता सरकार कि तो उम्मीद छोड़ देना ही बेहतर हैं हमारे समाज कि तो बात ही न करे जिंदा कम मुर्दे ज्यादा हैं ऐसे ही कई मास्टर कि कहानियाँ हैं जो अपने सपने को लेकर जन्म लेता हैं पर हमारे समाज के लोग और सरकार इनके सपनों को इस कदर कुचल देती हैं मानों ये समाज के लिए श्राप हैं | ऐसे ही हमारी सरकारे और हम इनके साथ ऐसे करते रहेंगे तो दिन दूर नहीं जब ये अपनी अस्तित्व को ही खत्म करते जाएँगे और हमारे बिच से एक बहादुर समुदाय का अस्तित्व खत्म हो जाएगा |

" कहते हैं जातिवाद

उतना ही जितना सहन हो
ज्यादा करेंगे तो हो होजाएगा
मुसहर समुदाय का दहन हो "

4

हाशिये पर मुसहर

टूटी मकान तनिक जमीन चूहा पकड़ कर थक हार चुका है मुसहर समुदाय और वह आज भी हाशिये पर खड़ा हैं | सत्ता कि कईयो लोग सियासत कि गद्दी पर चढ़े कभी पंजे का जलवा ,तो कभी कमल खिला, तो कभी हाथी कि दहाड़ तो कभी समाजवादी सरकार रही कोई भी रंग इनकी समाजिक व आर्थिक स्थिति में बदलाव नहीं ला सके | पहले इनकी पारंपरिक पेशा था चूहो को खेतो में दफनाना बदले में इन्हे बदले में इन्हे मिलता चूहे के छेद से बरामद अनाज और उस अनाज को रखने कि अनुमति| सूखा पड़ने पर चूहे ही इनकी जीवन कि खेवन हार बनते आए हैं | दुरुयोग देखिये इंसान चूहे खा रहा जिसे सामाजिक कानून व लोगो ने इसे नाम दिया मुसहर अब ये जाति खेतो में व अन्य जगहो पर चूहे पकड़ते मिल जाता हैं | यह नए भारत भारत कि तस्वीर नहीं हैं या फिर कह सकते हैं कि यह दशको से ब्यवस्था दंश समुदाय कि मजबूरी हैं सरकारी दस्तावेजो में वह आज भी चूहा के नाम पर उसकी जाति दर्ज हैं | यदि अमीरों के बच्चे खाना ना खाये या काम ना करे तो उनको खाने के लिए पीटते हैं और काम को न करने कि बात बोलते हैं , वही यदि मुसहरो के बच्चे खाना मांगते हैं तो उनकी पिटाई होती हैं यदि कार्य न करते तो रुखा सूखा भी नहीं मिल पाता और यदि अधिक भूख लगती और कुछ न हो तो उनको खैनी खाकर सोने को कहती हैं ताकि वह खाना न मांगे | और हमारा समाज हैं कि मुसहर समुदाय के लोग सौख से चूहा खाते हैं

तो बिलकुल गलत हैं लेकिन वे लोग अभी भी चूहा ,बिल्ली , मुर्गे के पात को वे लोग खाते हैं | और हमारा समाज कहता हैं कि वे जब चूहा खाते हैं तो अनाज कि क्या जरूरत हैं ? दरअसल उनके पास अनाज हैं ही नहीं, सरकार व हमारा समाज उनके खेत छिन लिए उनको बददुआ मजदूर बना दिया | कोई योजना उनके पास नहीं पहुच पा रही हैं और उनको लाल कार्ड और अन्य स्कीम नहीं दे रहे हैं उसका प्रभाव यह पड रहा हैं कि जब उनके पास वस्तुए नहीं पहुचेगी | तो कैसे इनका पालन-पोषण होगा ? अनाज के लिए जिंदगी की जद्दोदहत सहती हुई मुसहर समुदाय| जहा तक बात हैं मूस , घोंघा खाने की बात तो ये शौक से नही पेट भरने के लिए खाते हैं उनके पास कुछ नही हैं इसलिए खाते हैं | वैज्ञानिक और अन्य लोग यह कहते हैं की उसमे प्रोटीन हैं परंतु उसमे कई रोग हैं जैसे ' लासा बुखार ' ऐसी स्थिति में सरकार को उनको काम व दो वक्त की रोटी का इंतेजाम करवाना चाहिए | छल धोखा जुल्म झेलत-झेलते थक हार चुके हैं ये मुसहर समुदाय के लोग हालात जस के तस हैं हर चुनाव में इनके वोटो की कीमत वसूली जाती हैं | सरकारे बदलती हैं लेकिन हमारा तकदीर नहीं बदलता हम आज भी अपने पूर्वजो कि तरह खाते जीते और सोते हैं | सचमुच मुसहर समुदाय गरीबो में सबसे ज्यादा गरीब समुदाय हैं दलित समुदाय के लोग पासी व हरिजन इन्हे अपने से नीचे मानते हैं | कुष्टरोग , टीवी , कुपोषित जैसी बीमारिया इनके जीवन में रोज़मर्रा की सच्चाई हैं मुसहर समुदाय की हालात को देखकर और वह खुद भी मानते हैं की उन्हे गरीबी व भुखमरी से ज्यादा नेताओ ने मारा हैं | दशको से वो दबंगों की तर्जनी बन रहे शायद वो वोट बैंक नहीं तभी किसी भी शियासी दल ने उन्हे अहमियत नहीं दी| साल 2014 में जीवन राम मांझी मुख्यमंत्री बने तो लगा यूपी के साथ बिहार के पूर्वांचल में भी मुसहर समुदाय की नशीब बदलेगी | मात्र 9 महीने बाद उन्हे हटा दिया गया बस चुनाव के समय खुशामद करके आश्वासन देकर वोट की आग्रह करके चले जाते हैं | मुसहर समाज में किसी बश्ती में जाइए पशुओ से मिलती-जुलती नजर आती हैं इनकी जिंदगी |जिस झोपड़ी में इनका पूरा परिवार रहता हैं उसी झोपड़ी में उनके भेड-बकरिया रहती हैं बारिश समय सिर छिपाना मुश्किल हो जाता हैं | पूर्वांचल में अत्यधिक शोषण का शिकार

हैं मुसहर बिरादरी| जमीन की सरकारी फरमान जारी किया जाता हैं पर दबंग नेताओ की बदमाशी से मिल नही पाता हैं , पैसा ना होने पर कोई भी लड़ाई लड़ने कचहरी नही जाते हैं और इनकी जमीन छीनी जा रही हैं अपने जमीन के मालिक होने पर भी ये बेजमीन व मजदूर हो गए हैं | और यही तक हम नहीं रुकते हैं हमारा समाज भी चाहता हैं की ये पढ़ने-लिखने व काम करने लगेंगे तो हमे मुफ्त में मजदूर कहा मिलेंगे आज के समय में सबसे ज्यादा कुपोषित मुसहरो के बच्चे हो रहे हैं ? इसका कारण साफ साफ दिखाई देता हैं न ही कोई टीका लग रहा हैं न ही आइरन की गोलियां मिल रही हैं ना ही अच्छे तरीके से ईनका देखभाल हो रहा है जिससे इनकी प्रतिरक्षा प्रणाली(immune system) नहीं बढ़ रही हैं | हर जगह शादी व अन्य अवसरो पर दोन- पत्तल का इंतेजाम मुसहर करते थे पत्ते को बीनना व लकड़ियों से छेद कर बनाना पूरे दिन में केवल 1 दो गड्डी बना पाते जिनके बदले उन्हे 10-15 रूपीस मिल जाता था| इतने पैसे में सिर्फ आज के इस महंगाई के समय में सिर्फ एक बिस्लेरी की सिर्फ पानी की बोतली ही आती हैं इतने पैसे में क्या मिल पाएगा? अगर आलू भी लेते हैं तो 20-22 रू किलो के भाव से मिलता हैं | रुपया एक भी नहीं महंगाई आसमान पर हैं | और हमारे समाज की नयी आईना जिसे हम वैज्ञानिक अर्थात टेक्नोलाजी व अन्य नाम से संबोधित करते हैं वे अब प्लास्टिक के पत्तल दोना बनाने लगे जिससे इन बेचारो के पेट पर लात मारने में अहम भूमिका निभाये | इस प्लास्टिक के पत्तल में खाने पर शोभा जरूर बढ़ रही हैं लेकिन इससे यह समझ में आता हैं की नई पीढ़िया हमारे परम्पराओ को लात मार रही हैं और इनकी जीवन को बेरंग कर दिया हैं| ये भी अब बदलाव चाहते हैं की हम भी सभी जातियों की तरह सम्मान व अधिकार पाये आज की मुसहर समुदाय की पीढ़ी इस चूहे खाने और पकड़ने की की पहचान से बाहर निकलना चाहती हैं | वो भी चाहते हैं की हम भी आगे बढ़े और अपनी समुदाय का नाम रौशन करे जिससे हमे सम्मान मिल सके और हम भी हर जगह उठ बैठ सके, परंतु गरीबी व भुखमरी से लाचार हैं | और कुछ समाज के महापुरुष ये भी कहते हैं की ये अपने सोने ,चांदी अंदर जमीन में खोद कर रखते हैं,

इससे भी बत्तर जिंदगी मुसहर महिलाओ की हैं वे हर तरीके से हमारे समाज की शिकार होती हैं यदि कोई अपने पति की बात न सुने तो उनकी बहुत पिटाई होती होती हैं | घर में खाने को ना हो तो वे भट्टे पर के मालिक से कहते तो वे लोग मज़ाक बनाते और उनको गलत नजरियों से देखते और कहते यदि तुम मेरे साथ संबंध बनाओगी तब तुम्हें अनाज मिलेगा | कई महिलाए इस घटना का शिकार होती थी इन्हे इस कदर दाने दाने के लिए मोहताज किया जाता हैं की भुखमरी से दम तोड़ देते हैं | सरकार के पास कई बार इनकी शिकायत गयी पर नजरंदाज कर देते हैं | मुसहर महिलाए गर्भवती होने के बाद भी वे पूरी दिन धूप मे काम करती थी |

कुछ बच्चियाँ जो 16-17 की हैं उनको लोग बहला फुसलाकर उनके साथ जबरन अवैध संबंध बना थे और जब वे पेट से होती तो घर वाले पीटते और किसी से कम आयु में विवाह कर देते थे वो लोग जानते भी तो कुछ नहीं करते थे | यदि कुछ कदम उठाएंगे तो वे बेदखल हो जाएँगे इनकी हालात में कोई बदलाव नहीं आ रहा हैं | माँ यदि गर्भवती हो तो उसे पौष्टिक वस्तुए दी जाती हैं और इनको टीका लगता हैं पर ये सुविधाए सिर्फ अमीरो के लिए होता है | इनको कोई नहीं पूछता न ही कोई टीका लगता हैं, जरूर पौष्टिक पिटाई होती हैं |

चारो तरफ से सिर्फ इनके जीवन में अंधकार ही छाया हैं इंतेजार हैं तो सिर्फ प्रकाश की और वह तभी आएगा | जब हमारा समाज व सरकार मदद के लिए हाथ आगे बढ़ाएगा अन्यथा ये सिर्फ अंधकार में तीर चलाएँगे| जिससे कोई लाभ नहीं हैं शिक्षा , अनाज , अधिकार अन्य कुछ भी ये प्राप्त करने में असफल रहेंगे यदि अधिकार मांगे या चुनाव मे विरोधी की ओर जाये तो मार पड़ती हैं | और भरी चेतावनियों के साथ इन्हे भेज दिया जाता हैं शासन का कोई लाभ नहीं प्राप्त हो पा रहा हैं इन्हे न ही कुछ और यहा तक की अपनी जमीनों को गिरवी से छुड़ाने जाये | साहब मेरी जमीन दे दीजिये साहब तो वहा पर भी अच्छे से खातिरदारी होती थी | अनाज तो मिल नहीं पाता खेतो में जो रूखा-सूखा गेहू व चावल के बीज पड़े हो उससे ही गुजारा चलता न मिलने पर मूस ,घोंघा अन्य जीवो को खाकर गुजारा करते थे | दाने दाने के लिए मोहताज व तरस

कर रह जाते हैं मुसहर समुदाय के लोग शिक्षा की बात तो न ही करिए मास्टर की तरह और भी बच्चो का सपना सिर्फ सपना बनकर ही रह जाता हैं | उसकी किश्मत बड़ी अच्छी जो कक्षा में प्रवेश व पढ़ने को कुछ तो मिला परंतु साहब यूपी के चडरहाँ गाव में मुसहर समुदाय के बच्चे व उनके माता पिता जब स्कूल में लाडले का नामांकन कराने जाते तो वहाँ के हेडमास्टर गाँव की भाषा में कहता हैं **तोहनी के नाम नाम लिखाये शरीर से बदबू आ रहा हैं** यदि तुम लोगो का नामांकन हुआ तो तुम्हारे गंदगी व शरीर की दुर्गंध से हमारे स्कूल के बच्चे भाग जाएँगे |

ये कहकर उनका नाम नहीं लिखते हैं गांधी जी व अन्य क्रांतिकारी इनकी ये हालात देखकर वे भी अपने आप को कोसते होंगे की हमने किसके लिए इतना खून बहाया ,बलिदान दिया | इन स्वार्थी मर्त्व के लिए जो सिर्फ अपना स्वार्थ देखते हैं |

सचमुच ये संसार स्वार्थ का आखाड़ा हैं ये सिर्फ उतना ही याद रखता व काम काम करता हैं | जिससे सिर्फ इसका स्वार्थ सधता हैं बाकी को फेंक कर आगे बढ़ जाती हैं सही में ये दुनिया बड़ी भुलक्कड़ हैं | पूरी तरीके से हमारा समाज जातिवाद में उलझा पड़ा हुआ हैं जो कभी भी खत्म नहीं होगा |

" क्या होगा इस समुदाय का
कौन करेगा इनकी नइया पार
कब तक खाएँगे ये मार
क्या कभी नहीं मिल पाएगा इनका अधिकार "

भगवान ही इनकी समस्या को समझे इंसान तो निर्दयी हैं ||

5

मुसहरों की बोली

इसी तरह मुसहर समुदाय का गुजारा होता रहता हैं और जब चुनाव नजदीक आता हैं | तो इनकी इस कदर मेहमान नवाजी घुस खोर व बदमाश नेता करते हैं मानों कोई राजा युद्ध जीत कर आया हैं चुनाव प्रचार करते नेता लोग घर-घर जाकर हाथो को जोड़कर भिखारियो के समान वोट लेने की आग्रह करते हैं | छोटी व बड़ी बिरादरी सभी से वोट दीजिये का नारा लगाते हुए निवेदन करते हैं बाद में इनका वोटर कार्ड व अन्य योजनाओ का कार्ड बनवाने की बात करते हैं | जिनके समीप जाने से अशुद्ध व अछूता हो जाते थे काम निकलवाने के खातिर उनके पास भी जाते थे जिनको गाली व शिक्षा से दूर ले जाने की कोशिश करते थे | अब उनको हाथ जोड़ कर कहते हैं हमे वोट दीजिये हम आपको नोट देंगे व अन्य सरकारी योजनाए देंगे | आपके बच्चो का नाम हम बड़ी बड़ी स्कूलो में कराएंगे जरूरत पड़ने पर उनको हम आगे चलकर नौकरी भी दिलवाएँगे इतना आदर सम्मान पाकर वे बेचारे इनकी मीठी बातों में जैसे जाल के साथ चारा फेंक कर मछली को पकड़ते हैं उसी तरह ये भी फस गए थे | जिस तरह बाजार में वस्तुओ का मोल भाव व बोली लगाते हैं ठीक उसी तरह से नेताओ ने कहा की कितना लोगे एक वोट का कुछ ज्यादा तो नहीं चाहिए था | बस मकान , हिस्सा ,हक , कुछ करने को काम मिल जाए जिससे जीवन को चलाने में आसानी हो | सब मिल जाएगा परंतु वोट सही देना यदि मुसहरो की टोली मनाही करती तो एक

आदमी वहा निगरानी करने के लिए लगाते थे की कही उनके विचार में परिवर्तन ना आ जाये | चुनाव के समय मुसहर समुदाय के लोगो की कोई समस्या नहीं होती थी वे लोग तो चूहे के स्वाद को भी धीरे धीरे भूल रहे थे चूहे और घोंघे को भी कुछ दिन की छूट्टी मिली थी | परिणाम यह था की अब चूहे के स्थान पर चिकेन खाते थे ,पूर्ण रूप से पौष्टिक आहार उनको दिया जाता था दिन-प्रतिदिन उनमे बदलाव आने लगा था कई लोग तो यह सोचकर अत्यधिक खा लेते थे | पता नहीं कब मिलेगा ? नतीजा यह होता था कि ज्यादा खा लेने से तबीयत खराब हो जाता लेकिन चिंता कि कोई बात न थी नेताजी जिंदाबाद थे | उनका सारा ध्यान उनके चमचे ही रखते थे | सिर्फ इसलिए नहीं कि ये ठीक हो जाये , सिर्फ इसलिए कि ये मर जाएगा तो एक वोट कम हो जाएगा कहते हैं ना जीतने के लिए एक वोट ही पर्याप्त हैं | हर जगह , हर तरीके से इनके साथ पक्षपात हो रहा हैं |

पैसो कि भी कोई चिंता न थी अपने पैसे से कोई दव- दारू नहीं करना सारा खर्च नेता जी देखते थे | देखेंगे भी कैसे जब होगा तब ना ? अगर किसी मुसहर कि बिटियाँ का विवाह होना या कराना हो तो वह सीधे नेता जी के आदमी से कहता व इंतेजाम हो जाता था | पर नेता जी चेतावनी भरी बातों में कहते हैं कि वोट याद रखना ठीक हैं हम तुम्हारी लड़की कि विवाह कराएंगे | सारीं जिम्मेदरी मेरी होगी तुम बिलकुल निश्चिंत रहो और बिटियाँ को अच्छे से खिलाओ- पिलाओ प्यार दुलार दो विवाह बड़े अच्छे से होता था और झाँ जी के माध्यम से विवाह होता और चूहे के स्थान पर अच्छे अच्छे पकवान मिलता था | दहेज में दामाद बाबू को खाली हाथ नहीं बल्कि चंद रुपयो व स्नेह के साथ बिदाई करते थे वह बेचारा भी बड़ा आनंदित होता कि कम से कम कुछ मिला तो पहले तो ये भी नहीं मिल पाता था लगता हैं अब हम ऊंची बिरादरी में आ गए हैं | अच्छा तभी ये लोग मेरी इतनी खातिरदारी कर रहे हैं लेकिन इसे नहीं पता कि ये तो सिर्फ एग्रीमेंट हैं जो कभी भी वे लोग खत्म कर सकते हैं | महिलाओ को अब पौष्टिक मार के स्थान पर पौष्टिक आहार मिलता था वे लोग कुछ भी कहती थी तो उनको बड़े सम्मान के साथ उनकी स्वरो को सुनते व स्वीकार करते थे | और उनकी आज्ञा का पालन करते थे | उनका

अब शोषण,पिटाई नहीं होता यदि कोई ये जुर्रत करता तो उसे खाना नहीं मिलता व उनकी पिटाई होती लेकिन ये लगाम सिर्फ कुछ दीनो के लिए ही हैं कलयुग कब सतयुग में बदल गया पता ही नहीं चला?

मानो देवताओ ने वरदान दिया हो कि जो भी इनकी रक्षा व इनको ब्यवस्थित रूप से कुछ प्रदान करेगा उसे साक्षात प्रभु दर्शन का अवसर प्रदान होगा | उन्हे अब स्कूलो में एड्मिशन के लिए शिफारिसे नहीं करनी होती सिर्फ इतना कहना कि नेता जी ने भेजा हैं तत्काल एड्मिशन हो जाता और बड़ी प्यार के साथ उन्हे पुकारते थे | मास्टर साहब टोंच मारते हुए कहते हैं

किससे स्नान किए हो ? क्या खाये जो इतना चमक रहे हों ? क्या करे कहना पड़ता नेताजी का आदेश जो था नहीं कहेंगे तो यहा से बिराज लेंगे?

"एक एक कर के लग गयी बोली
कोई ना कहे , देखावय गोली
कहेंगे तो खेल जाएँगे, खून के होली
चुनाव बाद भाग लेकर यहा से अपनी टोली "

थोड़ा सा भी आना कानी करेंगे तो यहाँ से भाग खड़ेंगे दूसरे शहर में यही फंडा कुछ दिनो तक चलता रहा | बहुत समय तक सब कुछ खुशमय बित रहा था और चुनाव कि बारी आई तो सभी मुसहर समुदाय के हाथ में झन्डा माथ पर चुनाव चिन्ह का पगड़ी बांध कर नारे जयकारे लगाते हुए | नेताओ के साथ चल देते थे बड़ा स्नेह व लगाव हो जाता था उनका और नेता जी का मानो राम व लक्ष्मण कि जोड़ी हो बस अब इंतेजार था तो नेता का रावण बनना ज्यादा दूर नहीं था कुछ दिन कि दूरी पर ही |

"भैयो करय चुनाव प्रसार
समझ नहीं पाया उनका प्रहार
तरस जाएँगे पाने को आहार
बिक जाई घर, बेटी तहार "

वोट देने की जब बारी आती थी तो रात को नेता लोग सब के घर आफ़र लेकर आते थे | मुसहर समुदाय के लोगो को नोट बल बूते रात-रातो जिस तरह सोना चांदी गिरवी रखते हैं उसी भांति उनको भी रख लिया जाता था यदि कोई मनाही या आना कानी करता तो उसे धमकाया व जरूरत पड़ने पर जमकर पिटाई भो होती थी | अपना काम करके जब वे लोग चले जाते थे तो पूरी मुसहर टोली सारी रात विचार-विमर्श करते थे की यदि इनको दिये और कोई काम नहीं किया या हम लोगो को मारने पीटने लगे तो ये सारी बातें कहकर वे लोग आपस में बातें करते थे | तो क्या होगा ? अगर इनके मन में वोट न देने की बात आता तो तुरंत ही उसे निकाल फेंकते और कभी उसे लाने का शाहस नहीं करते , प्रक्रिया विचार-विमर्श का पूरी रात चलता था सोचते सोचते शाम से कब सुबह हो जाता पता ही नहीं चलता ? शोक में मुसहर समुदाय क्योंकि उनके जीवन व उनके बच्चो के भविष्य का सवाल व उनके भी आत्मसम्मान की बात | वोटिंग प्रक्रिया शुरू हो चुकी थी पर मुसहर टोली अब भी शोक में डूबी हुई थी कोई वोट देने के लिए तैयार नहीं कुछ ही समय में नेता जी भी आने वाले थे | जीवन रूपी नाँव में बैठ कर मुसहर टोली डुबकी लगाने को तैयार थी सभी लोगो ने समर्थन में मन बना लिया की एक बार और इनको वोट देकर देखते हैं | क्या पता इस बार हमारी जीवन बदले ? इस बार जरूर हमारी सुनवाई व हमे जरूर काम व घर मिलेगा ये सारी बातें आपस में कहकर वे सभी एक दूसरे को आश्वासन देने लगे | सभी लोग एक ही स्वर में नारे लगाते हुए ठीक हैं जैसी आप लोगो की इच्छा हो | सभी लोग नेता जी के साथ वोटिंग स्थल पर जैकारे लागते हुए पहुच जाते हैं |

" पहुच गयी मुसहर टोली देवय वोट
लइके दू चार गो सऊआ नोट
दईके आवय ससुर वोट
लाग जाई चोट "

बारी बारी से सभी लोग लाइने बनाकर वोट देने लगे मुसहर टोली भी आना कानी के बाद वोट दिये और नेता जी को आश्वासन देते हुए कहते हैं | नेता जी आपे के वोट दिये हैं नेता जी बड़ी उदारता के साथ **अब जाय घर हम अवतानी** सभी लोग बड़ी असमंजस में पड जाते हैं कही ये मारेगा तो नहीं एक दूसरे को सभी गलत ठहराने लगे की तुमने नहीं दिया | क्या तुमने नहीं दिया ? कहकर आपस में लड़ने लगे लड़ते हुए वे लोग वहा से घर की ओर प्रस्थान कर देते हैं | वोटिंग भी अब समाप्त ही हो गया था बस अब इंतेजार था तो परिणाम का सुबह परिणाम इधर मुसहर समुदाय का तो मानो अब-तब लगा हो | यदि नेता जी विजयी नही बन पाए तो हमारी तो खैर नही ऐसा नहीं की इनकी ही वोट से वह जीतेगा परंतु कहते हैं ना एक ही वोट जीतने को पर्याप्त और इतना नौकर जो बनाए थे | बिना निकाले छोड़ेगा थोड़े ही,इनको तो ये भी नहीं पता की घबडानी की कोई बात नहीं हैं उसने सारा का सारा वोट ही खरीद लिया हैं और कुछ दोगले अधिकारियों को चंद पैसे देकर फर्जी वोट भी डलवा दिया हैं | अब तो ये हाल था की भले ही भगवान इधर के उधर चले जाये या स्वयं धरती पर बिराज दे लेकिन उस ढोंगी नेता का तो जितना तय था सभी लोग राम-राम कहते एक दूसरे को तसल्ली दे रहे थे उनमे से एक मिजाजी वृद्‌ध कहता हैं **केतनों राम राम जपा बबुआ नेतवा जीते नाही** इतना सुनने के बाद तो सब आग बबूला हो गए उसके ऊपर लेकिन क्या करे वृद्‌ध जो ठहरे कुछ कह भी नहीं सकते | यदि कुछ कहते भी तो तो जवाब होता हा हा **क्यू नहीं नहीं ? इस बूढ़े को तो कहोगे ही इतना ही** बाजू में पौरुख आ गया हैं तो नेता को और उनके लोगो को को कहोगे | ये भी मजे ले रहे थे पर इतना सुनते ही सब को साँप सूंघ लेता था बात-विवाद भजन करते करते कब सूरज दादा आ गए किसी को मालूम ही

नहीं चला ? आज परिणाम का घोषणा वाला दिन था सभी मुसहर टोली इंतेजार में बैठी किसी को कोई खाने तक को नहीं पूछ रहा न ही किसी को भूख लग रही | नेता जी के आदमी सुबह सुबह नारा लगाते हुए परचम फहरा रहे थे परिणाम आने से पहले ही वे लोग कहते नेता जी की जय हो | जीत का जश्न मना रहे नारा लगा रहे थे कोई भी आत जाता रास्ते में मिल जाता था तो उससे भी जयकारे लगवाते यहा तक की पुलिस वालो को भी नहीं बक्क्षते वे तो देखते ही नारे लगाने लगते नौकरी जो बचानी थी | जिस छड को मुसहर टोली को इंतेजार था आखिरकार वह आ ही गया | क्या होना था ? आखिरकार जीत ही गए फर्जी नेता जी मुसहरो का तो यह हाल था की **धड़कने बढ़ रही हैं जब निर्दयी नेता करीब** आ रहा हैं मानो यमराज ने उनके प्राण को बक्क्ष दिया हो | अब तो सुखमय का सूरज निकल आया हैं जो कभी गायब ही नहीं होगा | अब तो सुखमय से भरी जीवन की दशा सोचते हुए आनंदित हो रहे थे मुसहर टोली का तो खुशी का ठिकाना ही न था | पूरी की पूरी मुसहर टोली विजयी दिवस को ही नेता जी के दरबार में पहुच गयी स्वागत के लिए कोई पत्तियों का माला बनाकर लाया तो कोई सालो पुरानी गमछी लेकर पहुच गये ताव कम डर से ज्यादा जैकारा लगाते हुए | नेता जी की जय हो , नेता जी जिंदाबाद , नेता जी की जय कहते हुए आते हैं पर नेता के साथ कही न कही तो धोखा हो रहा था सब तो जैकारे लगा रहे थे परंतु वृद्‌ध मुसहर कहता हैं |

" दुई चार गो शेर
नेता जी सब पे ढेर
नेता जी की जय हो
बना दी खरीदी वोट विजय हो "

उनके इतना कहते ही सबने धर दबोच लिया और थोड़ी प्यारी फटकार मे कहते हैं | क्या चाहते हो तुम हाँ ? घर वापस जाने का विचार

नहीं हैं क्या ? ज्यादा बोलोगे तो न यही गाड़ दिये जाओगे वशुंधरा की गोंद में समझे की नहीं भलाई इसमे ही की चुप रहो और राम राम जपो भेजे में आया की नहीं बुढ़ऊ अरे तूम तो बूढ़ हम सब तो जवाने अभी पूरी जीनिगिया बाकी हवे | समझ गए नहीं तो चुपचाप से लालिपॉप चूसो (अर्थात देहाती भाषा में वे लोग खैनी के जगह वृद्ध नीम के छाल के लकड़ी को लालिपॉप कहते हैं कभी भी कही भी फांक लेते हैं |

समझे और विधायक जपते-जपते चलो कुछ समझ आ रहा हैं बुढ़ऊ

बड़ी उदासी के साथ काहे नहीं बेटा सब समझ आ गया और प्रतीत भी बहुत कुछ रहा हैं सभी चल देते हैं सभी लोग लोग चल देते हैं कोई भी अब उतना उसकी बातो पर ध्यान नहीं दे रहा था कुछ दिन तक तो माहौल बिलकुल सही व शांत था चल रहा था | कुछ भी समस्या होती थी तो उनको तुरंत मिल जाता पर कुछ दिनो के बाद यह देखावटी सरकारी सुविधा एक्सपायर होने वाली थी बस इंतेजार तो सिर्फ कुछ माह का जो ज्यादा दूर नहीं था समीप ही | और धीरे धीरे समय भी आ गया था और उनका रहन-सहन भी बदलने लगा था जितनी भी सरकारी योजनाए मिलती थी और मिलने वाला था सब समाप्त हो गया दाने-दाने को मोहताज होने लगे थे | नेताजी से अब डर भी लग रहा था और कुछ कहने को भी नहीं बन पा रहा था लेकिन मुसहर टोली के पंचायत के फैसले व सभी के सहमति के बाद मुसहर टोली आखिरकार नेता जी के दरबार में पहुच गयी | इस बार खास बात यह था की वे लोग साथ में कुछ उपहार भी लेकर आए थे वृद्ध मुसहर भी इतना शांत व चुप्पी साधे की मानो नेता जी का बहुत खास व प्रिय हो | इस बार नेता के लिए सिर्फ उसके मुह से मीठे बोल ही निकल रहे थे एक भी कटु शब्द नही काम जो निकलवाना था फिर भी बेचारे का मन बिना तंज़ कसे मान ही नहीं रहा था | और सभी मुसहर टोली के प्रत्यक्ष ही कहता हैं

" नेता जी मेरे बड़े भोले
कोई भी ना एक शब्द उनके खिलाफ बोले
कोई भी राज ना उनकर खोले
वरना चल जायेगे गोले "

सभी लोग जयकारा लगाते हुए पहुच गए जैसे ही मुसहर टोली सम्मान करने के लिए नेता जी के पास गयी | जैसे ही वे लोग सम्मान करने के लिए नेता जी के पास गए इस तरह से पूरी की पूरी मुसहर टोली झटकी गयी मानो किसी हट्टे कट्टे पहलवान ने पकड़ के विरोधी को पटकनी दे दी हो | क्या करे कुछ कह तो नहीं सकते थे ? और उतना ध्यानपूर्वक उन लोगो ने इस पटकनी के बारे में सोचा भी नहीं और नहीं इसे गुस्से के भावना से लिया पर वृद्ध ब्यक्ति अब तो पूरी तरह से समझ चुका था अब तो हमारी दुर्दशा ही लिखी हैं फिर से हैवान ही जीता हैं | ऐसा नहीं की उन्हीं सभी से इस कदर ब्यवहार सभी लोगो से और जिसने नहीं दिया था या आना कानी किया उसे तो भगवान ही अब बचाए और वही इन्हे कुछ सुविधाए प्रदान करे नेता जी की ओर से तो कुछ नहीं मिलने वाला यदि मिले भी तो अपमान , पिटाई यही सरकारी योजना मिलेगा जो विशेष तौर पे सिर्फ मुसहरो के लिए बनाया गया था | और कुछ पाने की तमन्ना करना अर्थात मूर्खता हैं वे लोग अपनी परेशानियाँ नेता जी को बताते हैं और वह हाँ भी फर्जी रूप से कर देता हैं और आश्वासन देते हुए कहता हैं तुम लोगो को तुम्हारे जरूरत की वस्तुए मिल जाएगी | इतना सुनने के बाद तो सभी के चेहरे खिल से उठे जय रामी करते हुए घर की ओर खुश-खुशी चल देते हैं | खास बात तो यह थी की बुढ़ऊ को अभी भी शक ,इतना बेचैन थे पर कोई मानने को तैयार नहीं बेचारा क्या करे ? चुपचाप घर चले जाते हैं और वह भी कुछ छड़ के लिए सोचने लगा इंतेजार व धैर्य बनाकर रखने के पश्चात कुछ कहना व करना नागवार हैं कहना तो ठीक हैं पर कुछ कर नहीं सकते |

कुछ दिन ब्यतित हो जाता हैं पर कोई अनाज व अन्य वस्तुए का कोई अता-पता नहीं पर हाँ एक खास बात जरूर यह की एक कौआं प्रतिदिन कांव कांव करकर हाजरी लगाता और आश्वासन जरूर देता था की सब्र का फल मीठा होता हैं | ये तो वही बात हो गयी " जले पर नमक छिड़कना "

" बैठ आस लगाए भाभी-भईया
कोई नहीं देत आश्वासन, सिर्फ कऊआ
थक जाय पूछत-पूछत, का नाम तोर बऊआ
बताय द कऊआ महराज, खियाय देब काचा लऊआ "

एक दूसरे को आश्वासन देते हुए कहते हैं की अरे थोड़ा समय तो लगेगा भाई नेता जी का माल वर्जिनल होता हैं डुप्लीकेट थोड़ी और हम सब के लिए आ रहा हैं हम लोग नेता जी के खास जो ठहरे थोड़ा समय तो आने में लगेगा ही **पेरसल से जो भिजवा रहे हैं** | नेता जी का इसमे कोई गलती नहीं हैं उनको तुम लोग कुछ मत कहो समझे वही पेरसल वाला ही विलंभ कर रहा होगा | नेता जी के बारे में प्रशंसा करते हुए कहता हैं

अरे ओ हमनन के लिए इतना करत हय
तोहनी ऐसे करबे त कुछू न मिली समझे मुसहरे थोड़ा सब्र रखो

खुद ठहरे नवाब जो इतना उचे आवाज में कह रहे हैं इतना कहकर नवाब साहब वहा से खिसक गए | **सुबह से शाम हो गया मुसहर बश्ती का का सब काम हो गया** पर पेरसल का कोई खबर तक नहीं था इंतेजार करते-करते थक हार गयी मुसहर टोली |अब पुनः दरबार में जाकर कहने की उनमे हिम्मत नहीं बची थी बस अब एक ही चारा था सिर्फ इंतेजार व आस लगाकर बैठना की कब पेरसल आए इसके अतिरिक्त कोई दूसरा उपाय नहीं था | क्या करे ?

नवाब साहब अरे धैर्य रखो भाई आ जाएगा सभी लोग आग बबूला होने लगे पर क्या करे वो भी ठीक ही क़ह रहा था ? बेचारा कम से कम झूठी आश्वासन तो दे रहा था लेकिन कितना आश्वासन और कब तक देता ? अगर अब आश्वासन देता तो हुक्का पानी बंद कर देंगे और पिटाई भी करेंगे | पेरसल आज भी नहीं आया अब तो राशन की भी तंगी होने लगी थी बच्चे व सभी खाने को तरस गए थे और की चारा शेष नहीं बचा था लेकर फर्सी चल दिये खेत की तरफ लेकर आए बेचारे छुट्टी पे गए मुसाफिर को छटपटा तो रहे थे पर अब नहीं बचने वाले थे | **क्या करे पेट के लिए न चाहते हुए भी करना पड़ता कहते है ना पहले पेट पुजा फिर काम दूजा** जिनके घर नहीं बनता था उनके बच्चे ऐसी ही सो जाते थे कुछ के घर तो खाना मांगने पर पीटकर सुला देते थे कुछ तो खैनी खिलाकर

सुला देती थी |

कुछ दिन इसी तरह बिता पर फिर से वे लोग गए इस बार तो उनके साथ वृद्ध नहीं था सिर्फ जवानो की ही टोली गयी थी क्योंकि अब उनको नेता के ऊपर इतना विश्वास हो गया था की उसको ले जाना उचित नहीं समझे पर इस बार भी दाने-दाने को मोहताज रह गए | इनके प्यारे नेता ने कुछ भी देने से साफ साफ इनकार कर दिया और चेतावनी के साथ वहाँ से भगा दिया इस बार महाशयों ने तनिक भी नेता जी तारीफ नहीं किये और न ही कुछ मीठे बोल निकाले चुपचाप से वहाँ से प्रस्थान कर दिये | नवाब साहब सब्र रखो भाई जैसे ही उसने कहा सब लोगो ने

मार देंगे उलट जाबे ससुरा नहीं तो

पेरसल आ रहा है लई ले पेरसल बड़का पेरसल्ला बना हैं हाँ

नेता जी तोर भाई हवे ना पेरसल्ला दई दिहे और नमवा तो सही बोल गवरे

पेरसल नहीं पार्सल होता हैं रे

सारी सुविधाए छिन गयी शेष बचा तो सिर्फ टूटी मड़ई व रूखा-सूखा फिर से वही रूखी सुखी खाने लगे सारी सम्मान व अधिकार समाप्त हो गया था उनका खेत भी हड़प लिया गया मालिक तो वही व अनाज भी वही उपजाएंगे | परंतु कुछ नहीं मिलता था यदि कुछ भी चू चा करेंगे तो पिटाई भरपुर मात्रा में होगी इसको देखकर सिर्फ यही समझ आता हैं की इनको सिर्फ जीवन में मिला और मिलेगा तो सिर्फ पिटाई| और ज्यादा बोलते तो उनकी गालियों से भरी धमकिया मिलती थी और उनके घर की औरतों से उचित ब्यवहार नहीं करते थे औरते अगर अपने अधिकार के हक या कुछ हिस्सा के लिए आग्रह करती थी तो उन्हे पीटते थे कहते हैं यत्र नार्यस्तु पूज्यन्ते, रमन्ते देवता लेकिन यहा की दशा देखकर तरस आता हैं उन पर , मुसहरो की बोली कोई गुच्छी मशरूम के भाव के बराबर नहीं लगाते वही सस्ती भाव में बिक जाते हैं और चंद रुपये देकर उन्हे खरीद लेते हैं | और जो मनाही करता उन्हे पीटा जाता हैं चुनाव जीतने के

बाद जब ये लोग अपने हिस्से व अनाज मांगने के लिये जाते हैं तो इन्हे पिटा जाता हैं और इनके घर की महिलाओ के साथ दुर्ब्यव्हार करते हैं | जब ये लोग काम मांगने नरेगा व कई योजनाओ में जाती तो भगा देते थे काम मुहैया के लिए प्रार्थना करती तो पिटाई होती और कहते की तुम्हारी हिम्मत कैसे हुई काम मांगने की जाकर लकड़ी काट ?

जीवन में कुछ नहीं शिवाय दर-दर की ठोकरों के जब इन्हे कुछ नहीं मिल पाता हैं तो ये खेतो में चूहे व घड़ियाल पकड़ कर खाते कभी कुछ न मिले तो घास खाकर जीवन की नाव को खेते तब हमारा समाज ताने मारते हुए इन्हे मुसहर कहता हैं और चूहा खाने वाला कहता हैं दरअसल इनके पास कुछ नहीं हैं तो ये अपना व परिवार का पेट भरने के लिए खाते-जीते हैं ये कोई शौख से नहीं खाते हैं ना ही इनको चूहे , घड़ियाल खाने में कोई उल्लास मिलता है | कई बच्चे तो चूहे खाने से मर जाते हैं और हमारा समाज और हम सिर्फ तमाशा और इनका उपहास करते हैं दाने - दाने को मोहताज हैं मुसहर समुदाय

मुसहर को आज तक कुछ नहीं मिल पाया हैं ये हमारे और सरकार के लिए बड़ी दुर्भाग्य की बात हैं की जो अपने काम व अपने बारें में प्रशंसा की दहाड़ लगाती फिरती हैं वे लोग इन्हे दो वक़्त की रोटी तक नहीं दे पाये | इन्हे मिला तो सिर्फ मार एक बार नहीं सैकड़ो बार कई बार ||

" कभी नहीं मिल पाया उनका अपना अधिकार
मांगने गए अनाज , तो हुई पिटाई सैकड़ो बार
कब होगा इनका अपना हिस्सा-हिस्सा
क्या मांगते - मांगते हो जायेगा , सिर्फ ये कहानी - किस्सा

अब भगवान ही इनकी कुंठा मिटाये कोई नहीं इनका अपना स्वयं के सिवाय

6

व्यवसायहीन महिलाएं

हमारे समाज में महिलाओ का विशेष स्थान हैं हमारा इतिहास गवाह हैं पुरुषों से ज्यादा त्याग व सहयोग महिलाओ का रहा हैं पुरुष का भी उतना ही | हमारे इतिहास में कई वीरांगना महिला थी और आज भी परंतु महिलाओ का इतना योगदान व सहयोग होने के बावजूद भी हम उन्हे प्रताड़ित व सम्मान के भावना से नहीं देखते हैं , ऐसा नहीं की सभी चुनिन्दा

यदि ब्राह्मण व उच्च जाति की महिलाओ को हम देखते या उनके घर जाते हैं तो उन्हे हम प्रणाम व सम्मान के भावना से देखते हैं जिस तरह से आप इन महिलाओ का सम्मान कर रहे हैं उसी तरह से यदि हमारा समाज सभी महिलाओ को समान भावना से देखे तो किसी को भी आंतरिक ह्रदय में कोई कड़वाहट उत्पन्न नहीं होगा | और उनको किसी प्रकार की गलत बातों का प्रयोग न करे जिससे उनको ठेस पहुचे महिलाओ का सम्मान करना हमारी पर्वरिश को दर्शाता हैं जिस तरह ये उच्च जाति की महिलाए सम्मान के पात्र हैं | तो क्या मुसहर समुदाय की महिलाए नहीं हैं ? यदि हमारा समाज व हम खुद इनकी इज्जत व इन्हे किसी भी तरह से प्रताड़ित न करे तो इनका भी जीवन किसी ब्राह्मणो की महिलाओ से कम नहीं हैं | अब इसका सार यह नहीं की ब्राह्मण व ठाकुर जाति की महिलाए को ही सम्मान मिलना चाहिए या इनमे भेदभाव करे ऐसा बिलकुल भी नहीं करना चाहिए **सब समान हैं** चाहे

किस भी बीरादारी की महिलाए या पुरुष , बच्चे हो आज के समय सिर्फ ये अनमोल वचन कहावते हो गई हैं कहानी किस्से भांति

"यत्र नार्यस्तु पूज्यन्ते रमन्ते तत्र देवताः "

आज के समय में तो मुसहर समुदाय की महिलाए फेकूआ चूल्हा हो गई हैं लकड़ी बिनना उनको काटना , पत्ते का पत्तल बनाना उनका पेशा था 20 - 25 बनाती तो मुश्किल से 20 ही मिल पाता था उतने में तो लोग खैनी खाकर थूंक देते हैं | उनके लिए ये छोटी बात होगी पर इनके लिए तो जीवन की नौका पार करने का सहारा कभी - कभी तो इनका किया परिश्रम व्यर्थ हो जाता था | कोई भी आकर इनके पत्तल को फोकट में लेकर बिन बताए चला जाता था डर के मारे एक शब्द भी नहीं निकलता था यदि पैसे मांगने की जुर्रत करे तो गाली व धमकी मिलता परंतु एक शब्द भी नहीं बासती थी | कुछ दिन बाद हमारे समाज के तेजस्वी लोग फाइबर के पत्तल बनाने वाले मशीन मार्केट में लॉच किए आते ही फाइबर के पत्तलों की बौछार लग गयी | इस तरह से इनका पत्ते का पत्तल ठप हो गया मानो इनके पैर के नीचे से जमीन खिसक गयी हो दाने - दाने को मोहताज हो गए | फिर भी हिम्मत न हारते हुए सोचते एक व्यापार तो शेष हैं लकड़ियों को काटना और उनको बाजार में बेचना सारी -सारी दिन अपने बच्चे को गट्ठर की तरह उनको गमछी से जैसे गट्ठर बांधते हैं उसी भांति बांधकर लकड़ियों को काटती हैं | और उसे गांव , मुहल्ला तो कभी शहर में अपने काम हिन पतिदेव के साथ बेचती थी लकड़ियों का भाव उनके ढांचे से लगता था यदि पतली हैं तो कम दाम अगर मोटी हुई तो कुछ दाम से बढ़कर उसमे भी अनाकानी करते थे इसी तरह से उनके लकड़ियों का हिसाब - किताब लगता था | यदि लकड़ी तनिक भी कटी हो या छोटी हो तो उसमे भी दाम कम उनकी दिन -भर की कड़ी मसक्कत करने के बाद कुछ पैसे ही प्राप्त हो पाते | हमारे गाँव में जो लोग इतना स्वादिष्ट भोजन खाते हैं ओ उसी लकड़ी का पका भोजन होता हैं तब आप क्यू नहीं कहते ये तो मुसहर ने दिया हैं इसमे भी क्यो नहीं करते ? तब तो आप और हम बड़ी तांव से ढकेल लेते हैं | रोजमर्रा का उनका ये ब्यापार भी हमारे तेजस्वी लोगो से नहीं बच पाया पुनः नया आविष्कार ये कोई बुरी बात नहीं हैं की नयी आविष्कार होना कोई गलत बात हैं , लेकिन

दूसरों का ख्याल रखते हुए यदि ये करना असंभव तो उनको रोजगार दे |

" छोड़ चूल्हा - चूल्ही
आय नयकी दुल्ही
नाम एकर गैस
लागय लाल भैंस "

गैस मजबूत लोहे के कवच से बना व लाल रंग का बड़े - बड़े अक्षरों में लिखा इतना किलो इतना ग्राम बाजार में आते ही उथल - पुथल मच गया था सभी के घरो में गैस ही गैस मध्यमवर्गीय परिवार में भी लकड़ियाँ व चूल्हे का जमाना मानो बीत सा गया था | इससे कुछ को तो लाभ परंतु इन पर मुसीबतों का पहाड़ टूट गया था अब कोई लकड़ियो को न पुछता यदि फोकट में भी मिले तो कोई पुछने वाला नहीं था | शासन इनके पेट पर इस कदर लात मार देती हैं मानों न रहेगी बाँस न बजेगी बासुरी अर्थात देखा जाय तो हमारी तेजस्वी सरकार भी इनके पेट पर लात मारने में मुख्य अतिथि का किरदार निभाते हैं और इन्हे भीतर से चकना चूर कर देती हैं की ये किसी लब्जों में बया नहीं कर पाते हैं | मनरेगा में काम तो मिलता था परंतु महिलाओ से जान बूझकर बद्तमिजी व चिलचिलाती धूप में जरूरत से बढ़कर काम करवाते थे नियम इतनी शक्त की सुबह इतने बजे आई तो इतने बजे जाएगी इनके नियम व कानून देखकर ऐसा प्रतीत होता था की मानों यही इनके जीवन दाता हो इनके खाने पीने व रहने का हिसाब -किताब वही करेंगे | गर्भवती महिलाओ को सिर्फ इतनी छूट थी कि कुछ छड़ तक आराम कर सकती हैं परंतु चिलचिलाती धूप में ही अगर भूख - प्यास लगे तो पास में राखी तम्बाकू फाँक लो और लाग जाओ बैल हाकने अर्थात बैल के समान काम पर ऐसा नहीं कि ये तम्बाकू सौख से खाती थी कुछ न होने पर और उनके द्वारा नाश्ता में सिर्फ तम्बाकू ही पुरुषो - महिलाओ को मिलता था मजबूरन खाना पड़ता था | क्या करे मजबूरी थी ? और खाते - खाते उनकी भी आदत सी बन गयी थी | यदि कोई महिला तू - तड़ाक करती थी या तंबाकू देने पर नहीं कहने कि जुरत करती थी तो उन्हे बदले में पैसे नहीं मिलता व साथ ही साथ गालियों कि बौछार, कुछ महिलाओ के साथ तो गलत ब्यवहार करते परंतु वे लोग कुछ कर नहीं सकती पेट के

लिए बेबश जो थी हाथ मीज कर रह जाती थी | हमारा शासन अंधा जो , ये सिर्फ बड़े लोग की ही शिफारिसे को ही ध्यान में रखता हैं गरीब की सिफारिश तो मानो सिर्फ नौकर का चिल्लाना की साहब चाय ले आऊ , इनसे काम निकलवाने के बाद इन महिलाओ को पीटकर घर भेज देते थे और साथ ही साथ तोहफा के रूप में धमकी देते हुए इनकी बीरादरी का मज़ाक उड़ाते थे | महिलाओ का कलेजा जलकर रह जाता था ये कुछ कर तो नहीं पाती परंतु इनकी हाय उन्हे इस कदर खा जाएगी जिस तरह पेड़ को दीमक सब कुछ उनका तहस - नहस हो जाएगा | उन्हे काम तो नहीं मिल पाता हैं अगर वे अपने से कुछ करने का प्रयत्न्न भी करती तो हमारे समाज में नये - नये अविष्कार उनके पेट पर लात मर देती हैं ऐसा नहीं की बदलाव जरूरी नहीं हैं जरूरी पर इनको मद्देनजर में रखते हुए | हमारे शासन व समाज को भी इन महिलाओ के प्रति उदार भाव रखना चाहिए और साथ ही साथ इनको व पुरुषो को रोजगार दिलाने में हम सब को साथ मिलकर प्रयास करना चाहिए ताकि इनके जीवन में परिवर्तन आ सके | मुसहर समुदाय की औरतों को आज के समय में किसी प्रकार का का रोजगार व योजनाए नहीं हैं कई महिलाए व पुरुष तो रोजगार न होने के कारण भूख से तड़प - तड़प कर मर जाते हैं और ये कभी -कभी की बात नहीं हैं रोज़मर्रा का पर कोई पत्रकार व न्यूज चैनल इनकी दर्दनाक मौत को उजागर नहीं करता और करे भी क्यो ? क्या इससे उसको कोई उसको लाभ हैं ये तो सिर्फ फिल्मस्टार के घर जाते हैं | वहा का ये न्यूज दिखाएंगे तभी तो इनके सब्सक्राइबर बढ़ेंगे अगर इनका न्यूज बनाते भी हैं तो कोई न देखने वाला आज के समय में किसी को फुर्सत कहा और यही कहेंगे अरे छोड़ो मुसहर हैं कही ज्यादा पी लिया होगा या चूहा खाकर मर गया होगा हमसे क्या लेना - देना हैं | इनकी मृत्यु नीर की धारा हैं जो अनंत हैं कभी भी कोई भी इस नीर को रोक नहीं पायेगा | शासन न ही इनकी बेरोजागरी दूर कर पायी न ही भूख से हो रही मृत्यु को और न ही रोक पायेगी अंधी जो ठहरी |

" कबों नाही मिली इनहन कय रोजगार
बना के छोड़ दिहय सरकार बेरोजगार
ना जाने कब सुनी ई बहरी सरकार

चिल्लाय - चिल्लाय के मर जाय , तबो दिही नकार "

7

हयात जीवन

निराश व हतास बदलाव होने की कोई आशा की किरण नजर नहीं आती दिखती सदियों से अपने पूर्वज के भांति रहते आ रहे हैं उनके जीवन में केवल दुख ही दुख हैं | हर तरीके से मुसहर समुदाय के बच्चे औरते व पुरुष वंचित हैं चाहे शिक्षा हो या अधिकार हो भारत आजाद व स्वतंत्र होने के बाद भी इनको इस कदर दबोच लिया गया हो मानो ये कोई उनके सदियों से गुलाम हैं जरूर भारत स्वतंत्र हो गया हैं लेकिन पूर्ण रूप से नहीं हमारा समाज भी इनको आगे तरक्की की ओर नहीं बढने दे रहा हैं | इनको किसी भी प्रकार का लाभ नहीं मिल पा रहा हैं न ही देह को छुपाने के लिए एक सरकारी छत मिल पा रहा हैं मुसहर समुदाय की महिलाए व उनके घर के सदस्य खुले में सोते हैं , वर्षा आने पर पत्तियों का सहारा लेते हैं | आंखो में तनिक भी उल्लास नहीं , बच्चो के भविष्य के बारें में सोच सोचकर परेशान हो जाती थी कार्ड ना होने पर कोटा का लाभ नहीं मिल पाता हैं एकाक बार यदि चुपके से बनवाते भी तो प्रधान सूची से उनका नाम काट देता दाने - दाने को हमारा समाज व प्रशासन मोहताज कर देता हैं | कभी - कभी तो ऐसा हो जाता हैं की मजबूरन कुछ न होने पर घास खाना पड़ता हैं मानव की ऐसी दुर्दशा देखकर आंखो में गंगा - जमुना बहने लगती हैं | मनुष्य और जानवर में कोई भी फर्क नहीं नजर आ रहा हैं | आजादी के बाद सभी के जीवन में परिवर्तन हुआ लेकिन मुसहर समुदाय ऐसा समुदाय हैं की इनके जीवन में कभी भी कोई बदलाव नहीं

होगा और न ही कभी उम्मीद रखिए प्रशासन , व हम लोग इन्हे इतना प्रताड़ित करते हैं और कर रहे हैं की ये किसी लबजो में बयां नहीं कर पाते हैं ऐसा देखकर समझ आ रहा हैं मानो ये जानवर हैं | जागरूक न होने के कारण इन्हे हर कोई पढ़ा जाता हैं मानो ठग लेता हैं नेता और प्रधान सिर्फ आश्वासन की किरण दिखाते हैं की सरकारी छत व अन्य लाभ मिलेगा लेकिन मिले तो सिर्फ गालियाँ व धमकियाँ निरीक्षण करने गाँव में सिर्फ इसिलिए जाते की ये डरे रहे हैं और वोट दे | यदि कोई सवाल - जवाब करता या राशन की गुहार लगाता था तो उसे अध वसन करके पीटते थे और चेतावनी देते हुए तुम्हारा सिर्फ इतना काम

" खाली देवय आव वोट
बाकी सब दे छोड़
नाही मिली राशन - वाशन
चुप रहबे त फेंक देब बासन "

सब कुछ जानने व देखने के बावजूद भी ये चुप्पी साधे रहते हैं क्योंकि अगर तनिक भी चू -चा करेंगे तो इन्हे व इनके परिवार वालों को गाँव की छोर से निकाल फेंक दिया जायेगा जीवन में सब कुछ हयात तनिक भी रंग नहीं हैं | घास खाने वालो की जिंदगी कब तक चल पायेगी ? क्या घास , चूहे व अन्य जानवरो को खाने से जीवन की नौका चल पायेगी ? यदि हाँ भी तो कब तक ? इनमे तो किसी भी तरह का कोई स्वाद नहीं प्रोटीन भी नहीं और हमारे समाज के तेजस्वी लोग कहते हैं की वे लोग तो सौख से खाते हैं और उसमे भी तो प्रोटीन हैं | दरअसल उसको खाने से कई लोगो की रोज़मर्रा में मौते होती हैं उसमे तनिक भी प्रोटीन नहीं जहर के समान हैं इनको देखा जाये और गाय , भैंस को तो तनिक भी अंतर नहीं समझ आता हैं न ही दिखता हैं | तनिक ये की ये मर्त्व और वे जानवर परंतु मनुष्य भी जानवर से कम नहीं हैं मनुष्य का इस तरह का ब्यवहार देख ऐसा लगता हैं की जानवर मर्त्व से बेहतर कम से कम वे अपने मन पसंद का खा तो रहे हैं | यदि समय पर भोजन ना मिले तो एक बार हॉर्न मारेंगे तो मालिक समझ जायेगा की साहब को भूख लगी हैं इस कदर मेहमान - नवाजी व आदर की जाती हैं मानो दूल्हा ससुराल आया हों | अगर इन मर्त्व को भूख लगे तो आवाज भी लगायेंगे तो कुछ भी

नहीं मिलने वाला घरवाले जानते भी हैं की भूख लगी हैं परंतु जब कुछ रहे तब तो खातिरदारी की जाये इनका हॉर्न बजाना ब्यर्थ हैं | क्योंकि हमारे समाज के लोग कहते हैं मसहर खाता थोड़ी हैं वो तो सिर्फ घास , चूहा , और मार खाने के लिए जन्मा हैं ऐसी विचारधारा रखने वालो से आप क्या अपेक्षा कर सकते हैं और अपेक्षा रखना भी ब्यर्थ हैं | सारी -सारी दिन बिना कुछ खाये बीआईटी जाता हैं बच्चे भी भूख से रोते व बार - बार खाने के लिए गुहार लगाते थे परंतु क्या करे लाचार थे ? सुबह वही रूखी -सुखी घास आस - पास का खाते और शाम होते ही चोखा (चूहे का) खाते थे | इनकी जिंदगी पूरी तरह से तकलीफ व दुख में ब्यतित होता है ना जाने कौन -सा कर्म की इनको सजा मिल रहा हैं | इनका सिर्फ इतना दोष की ये मुसहर बिरादरी में जन्म ले लिए हैं जो की इनके हाथ में नहीं वो प्रभु की देन हैं और ये लोग नहीं जानते की मुसहर बिरादरी इतनी बहादुर हैं की ऊँची - ऊँची पेड़ो पर चढ़कर लकड़ियाँ काटने का कार्य करते हैं और भी कई इनके वीर कार्य हैं | सुबह - सुबह हम तो ताजी ठंडी हवाओ का आनंद उठाते हैं लेकिन मुसहर समुदाय वही ईट जिसे आप और हम घर व बनवाने में प्रयोग करते हैं ये इन्ही ने बनाया हैं इनके लिए तो भट्ठी की गर्म हवा ही ठंडी हवा के भाति हैं | आप और हम जब सुबह - सुबह अंग्रेज़ो के देन से आया ब्रेकफ़ास्ट करते हैं तो ये भी करते हैं लेकिन ईट और गर्म हवाओ का पूरा दिन ईटों को बनाने में बीत जाता हैं पर मुँह में एक नेवाला तक नहीं जाता हैं | सरकारे शेर की भाँति दहाड़ लगाती - फिरती हैं की इनको हमने सरकारी छत , इनके बच्चो के लिए शिक्षा का प्रबंध किया , इनको हर तरीके का अधिकार मिला दरअसल इन्हे कुछ भी नहीं मिला हैं सरकार सिर्फ जनता व इन्हे मूर्ख बनाती हैं | और आश्वासन देते हुए कहते हैं हम आपको आपका अधिकार दिलाएँगे , रोटी कपड़ा , मकान दिलाएँगे लेकिन ये तो सिर्फ वोट लेने के लिए हवाबाजी थी दरअसल इन्हे मिलेगा जरूर परंतु भरपूर मात्रा में पिटाई , मौते अरे हमारा सरकार खाली हाथ थोड़ी भेजता हैं | और इतना सब कुछ दे रहा हैं कोई कम थोड़ी कितना ख्याल रखते हैं जो हमारे बातों व परेशानियों को समझते हैं | दुखो का पहाड़ जिंदगी भर अपने कंधो पर ढोते - रहेंगे और ढोते -ढोते पंच तत्व में विलीन हो जायेंगे एक के जाने के पश्चात

एक जन्मेगा लेकिन मुसहर समुदाय में नहीं कम से कम अच्छी शिक्षा , व सम्मान मान - मर्यादा से तो जियेगा | इस लाचार - बेबश भरी जीवन से मुक्त तो रहेंगे पर इस कठोर ईश्वर को जो सजेगा वही उतारेगा घोड़ी किसी के हाथ में नही हैं | कपड़ा , रोटी -मकान की गुहार लगाते - लगाते थक हार चुका हैं मुसहर समुदाय अब इंतेजार तो सिर्फ मृत्यु की कब हो ? दिन - रात जप जप कर पहुचू स्वर्ग की यात्रा में पर ये ऊपर वाला भी बड़ा कठोर ना जाने कहा किसे दुख , तकलीफ दे रहा हैं जो इतना भजने के बाद भी नहीं सुन रहा हैं

" थक हार चुका हैं मुसहर समाज
लगाते - लगाते दिन - रात गुहार
फिर भी ना सुने ऊपर वाला आवाज
लगता हैं हो गया हैं बुखार "

जीवन की नईया पार पता नहीं कब होगी ? इस तरह एक रोटी के लिए तरस के रह जाएँगे आंखो में आसू , जीवन में दुख नींद चैन सब गायब लेकिन कोई पुछने वाला नहीं हैं और न ही कोई आयेगा खुद से बातें करे और स्वयं तक रह जाये | मुसहर की पीड़ा कोई नहीं समझेगा की ये कितनी तकलीफ झेल रहे हैं |

" वाह रि सरकार
बहुते बेकार
बिलकुल गवार
गदहे प सवार "

नहीं समझ पायी इनके पीड़ा को क्या हुआ अगर शिक्षा , मकान , रोटी कपड़ा नहीं तो ? इस स्वार्थी संसार को देखने व इससे सीखने का मौका तो मिला जब कुछ नहीं दे रही ये अंधी सरकार तो कम से कम इस स्वार्थी नामक संसार में कही भी रहने तो दे रही हैं |

8

कोरोना में जीवन

कोरोना से पहले तो काम कुछ मिल जाता था लेकिन कोरोना के बाद देश की ब्यापी बंदी ने देश - प्रदेश को झकझोर के रख दिया कोरोना के बाद कुछ भी नसीब में नहीं अब तो हमे काम के लिए इसलिए नहीं बुलाते की कही हमारी महक व हमे छूने से उन्हे कोरोना ना हो जाये | कोरोना में कोई काम नहीं मिला ना ही हम मरे लेकिन यह जीवन हमे सुकून नहीं पहाड़ जैसी लगती हैं अमीर जादे तो घर में ताव से खाकर सो रहे थे पैसे की कोई कमी न थी उनके लिए लाकडाउन टूर के समान था | जिसमे वे बैठ कर खाते - पीते खूब मस्ती करते किसी बात की चिंता नहीं थी पर मुसहर व अन्य किसान , मजदूर की जिंदगी में कोरोना का मतलब तूफान जो अचानक से आकर सब कुछ तितर - बितर कर दिया हो | पूरी दिन गदहे की तरह मजदूरी करते तो 100-150 सौ बड़ी मुश्किल से हाथ लगता था रोज़मर्रा ब्यक्ति के जीवन ब्यतित करना बड़ा मुश्किल हो रहा था लाकडाउन में किसी भी प्रकार का कोई काम नहीं मिल रहा था | घर से बाहर निकलने की अनुमति नहीं थी किसी भी तरह से यदि निकलते भी तो सब मिले , फ़ैक्टरियाँ बंद होती थी थक , हार निराश होकर घर चले आते थे घर में राशन न होने के कारण कुछ नही बन पाता भूखे पेट सोना पड़ता था | सरकार को भी साँप सूंघ लिया था अब कोई नजर नहीं आ रहा था किसी भी प्रकार का पैसा , राशन , कपड़ा इन मुसहरो के पास नहीं पहुचा और न ही उम्मीद रखिए कई - कई दिनो तक भूखे रहने पर जो चूहे

उनके खेवन हार बनते थे | अब वही जहर बन गए थे उनको खाने पर अब वे बीमार पड़ जाते थे कई लोगो की तो मौत तक हो गई लेकिन अब कहा हैं हमारे तेजस्वी लोग जो कहते थे की इनमे प्रोटीन होता हैं दरअसल अगर इनमे प्रोटीन होता तो मृत्यु नहीं होता देखा जाये तो इनमे रोग व बैक्टीरिया के आलावा कुछ नहीं हैं | आनन - फानन में अगर अस्पताल के लिये जाते तो पुलिस डंडे से मार के भगा देती थी सही वक्त पर इलाज न होने पर उनकी मृत्यु हो जाती थी इनकी मौते लोगो को और सरकार को तमाशा लगती हैं अमीर या किसी सेलिब्रिटी के घर की बात होती तो करोड़ो की भीड़ उमड़ पड़ती मीडिया वाले अपना नेवाला तक छोड़ कर भाग आते | कितना भी कोरोना या लाकड़ाउन क्यो ना हो ? उन्हे मतलब हैं तो सिर्फ समाचार से वो भी जाने - माने लोगो की उन न्यूज से पैसे जो मिलता हैं क्योंकि वो सेलिब्रिटी जो ठहरे आम जनता कौन - सा कोई सेलिब्रिटी या अमीर जादा हैं जो की उसकी खबर बताने या छापने से उनको पैसे मिलेंगे आम जनता की मौत तो यू ही किसी काम का नहीं न ही उसकी कोई कीमत वह हमेशा मरते रहेंगे पर कोई हाल - खबर या जानने की कोशिश नहीं करते की कैसे इनकी मृत्यु हुई ? यदि सेलिब्रिटी का होता तो नाना प्रकार का जांच - पड़ताल होता तरह - तरह की बातें सामने आती अंत में ये साबित भी हो जाता की खूनी कौन और कौन नहीं ? लेकिन गरीब लोगो की कोई छान - बिन नहीं की कैसे मृत्यु हुई , किसने किया , किसके कारण हुआ ? कुछ नहीं होता अंत में किसी नाले में जमीन में खोदकर दफना देते हैं | लाकडाउन में देश भर के बड़े - बड़े लोगो की कहानियाँ बताई गयी की इन्होने इतना योगदान दिया दूसरे ने इतना दरअसल ये सिर्फ जनता के मनो में व दिलो पर प्रसिद्धि पाने की एक युक्ति थी ताकि हम लोगो की नजर में आये और जनता हमे जान सके की हम ठगिया हैं | कुछ लोगो ने तो एक कैमरा लेकर कुछ भाड़े के लोग लाकर खड़ा कर दिये और नायक की तरह पब्लिक के पैसो से लिये कार से उतरते हैं और उनके ऊपर तरस खाकर कुछ सहानुभूति बाते कर के ओह - ओह - ओह ऐसा हुआ वैसे हुआ आपके साथ तो बहुत बुरा हुआ | चलिये हमारे साथ हम आपको अमीर बनायेंगे इतना कहकर वह गाड़ी में बैठाते हैं और पूरे रास्ते उनसे बाते करते हुए और उनकी हालात पे

दुख जाहीर करते हुए जायेंगे | साथ में कैमरा में बोलते रहेंगे मेरे साथ ऐसा हुआ , वैसा हुआ मैंने इनको देखा और मेरे आंखों में मगरमच्छ के आँसू आ गये और मैंने सोचा थोड़ी पब्लिसिटी किया जाये ऐसा वे अंतर आत्मा से कहते हैं परंतु कैमरे के सामने एकदम राम की भांति मानो पवित्र आत्मा वाला इंसान हो | जो कई वर्षो से जनता की सेवा में तत्पर हो कैमरा के बंद होते ही कार से बाहर फेंक देते हैं पैसे भी नहीं देते थे ज्यादा बोलते तो धमकी व गाली पाते हैं कुछ छड़ की खुशी दे देते तो क्या हो जाता ? वो भी बेचारा समझ रहा था की अब दुर्दशा बदलेगी अब तो मेरी मौज ही इस सपना में आस लगाकर बैठ जाते थे पता नहीं कब क्या हो जाये ? इससे बेहतर की महापुरुष के साथ ही रह जाये | सजो के रखे सपने को टूटने पर भगवान को नहीं अपनी किस्मत को ही मरा समझते हैं मुसहरो के लिये कोरोना में एक नयी स्कीमे चालू हुई थी जीतने मुसहर गाँव , मुहल्ला , शहर में हो सब लोगो के लिये एक नयी स्कीम आया

" मुसहरो का बीम
चालू नयी स्कीम
लगावे सब टीका के फेकूआ क्रीम
दूर - दूर हो जा रे आवे मुसहर हकिम "

वो भी इसे नौकरी समझकर जगह - जगह जाकर टीका लगाते परंतु अपने नाम का सरनेम बदलकर यदि मुसहर हैं ये कहकर लगायेंगे या वे लोग पूछ लिए तो कोई टीका नहीं लगवायेगा पूरी ईमानदारी से वो अपनी नौकरी करते थे बदले में सिर्फ आश्वासन मिलता था | की लाल कार्ड व अन्य सुविधाए मिलने लगेगी पर ये सिर्फ एक दिलाशा था ताकि वे लोग गधे की भाँति काम कर सके ये कोई परमानेंट नहीं था जब पूरी दुनिया दवाइयो व एक दूसरे से बचाव व खुद दूरी बनाकर रहने में लगी तो मुसहर समुदाय के व दलित समुदाय के लोग अपनी जान की बाजी लगाकर गाँव - गाँव , शहर मुहल्ला टीका लगाने जाते थे | ये इस स्वार्थी लोगो के लिए नहीं सिर्फ अपने जीवन में बदलाव व अधिकार के लिए जाते थे उन्हे इन निर्दयी लोगो से कोई मोह न था इतना वे लोग जागरूक भी नहीं थे की जिन निर्दईयो के लिए इतना सब कुछ मुश्किलों से गुजर रहे हैं | दरअसल कुछ भी उनके हाथ न लगने वाला यदि कोई

मुसहर समुदाय में बीमार हो जाता तो पैसा बचाने के लिए उसे अस्पताल तक नहीं लेकर जाते थे कुछ ज्यादा बात बिगड़ने की संभावना होती तो कोरोना की चपेट में आ गया हैं | उनको अस्पताल में भर्ती करवा देते थे और उनकी किडनी व अन्य शरीर के भाग निकालकर लाखो - करोड़ो ले - लो - ले - लो या इससे ज्यादा भाव में कहकर सब्जियों के समान हमारे समाज के महापुरुष बेच देते हैं किसी को बू तक नहीं होता और ना ही किसी को शक परिवार जनो को आखरी दर्शन तक नहीं नसीब होता था | कोरोना इतना विकराल रूप धारण कर लिया था की लोग मरीज के पास तक नहीं जाते थे सिर्फ हमे बताया गया दरअसल ये तब जाते थे जब सब्जी निकालना हो और परिवार वालों को भी मिलने नहीं देते ताकि वे ब्यापार कर सके ये सिर्फ छोटी बिरादरी के लोगो का ही करते थे | उसे क्या पता अपनी बंदगोभी के बारे में जो पूछताछ करेगा अमीरों के बारे में यदि ऐसा करने का सोचेंगे तो हाथ से नौकरी गयी अगर कोई मुसहर वास्तव में कोरोना की चपेट में मरता था तो उसे पूरी तरह से ढीला करके उसके घर फेंक देते थे सरकारे तो हवा में ले ली हमारा समाज भी इनकी बिखरी जिंदगी को सवारने नहीं आयी | सिर्फ लेने आई तो इनकी जान इस महामारी में परेशान तो सब हुए पर मुसहर समुदाय के लोग बहुत ज्यादा और लोगो के पास तो कुछ ना कुछ था किसी भी तरीके से अपना और अपने परिवार जनो का पेट भर लेते थे | कैसे भरेंगे , और कहा से , कौन देगा , जिसे सरकार व हमारा समाज ने छोर पर फेंक दिया हैं जो हर तरीके से वंचित हैं वह अपना पालन - पोषण कैसे करेंगे ? जीवन की यात्रा चलाने के लिए कोई सहारा शेष नहीं था जो भी घास - पात नसीब होता था उससे पेट अपना व जनो का पेट भरते थे | अब तो उनको भी खाने में उन्हे डर लागने लगा कही कोरोना ना हो जाये सिर्फ साथ दे रही थी तो सिर्फ जीवन रूपी संसार को चलाने वाला जल जो की इनको जीवित रखने में अहम योगदान दिया | खाने को तो कुछ शेष नही पर पत्ती को और बगीचे में गिरे कई महीनो के फलो को इनपे दया आ रही थी जिससे ये अपनी जीवन नौका चलाते थे यदि इस महामारी में कोई सुकून की दो वक्त की रोटी खाया तो नेता - परेता अमीर और घर बैठ के वेतन पाने वाले मास्टर जिनको बच्चो का भविष्य बिगड़ रहा तो बिगड़े उन्हे घर बैठ

सरकारी पैसे मिल रहे थे उन्हे कोई फर्क नहीं पड़ने वाला था | सब नही चुनिन्दा ऐसा सोचते हैं इस महामारी में मुसहर को जूठा तक नसीब नही हुआ दो वक्त की रोटी तो बहुत दूर |

9

अमृत की बोतली

आपने अमृत का नाम तो जरूर सुना होगा और आपके विचार में भी आता होगा की वही अमृत जिस ऋषि - मुनि के घड़े को काले कौवे ने उड़ेल दिया था और भी हमारे समाज के कई प्रकार के अमृत के घड़े हैं जिनमे से एक हैं देशी पऊआ का घड़ा जिसको पीने से लोग आजीवन प्रभी की गोद में अमर ही हो जाते हैं | अमृत तो अमर करेगा और आप यही बिराजेंगे लेकिन देशी पऊआ से ऊपरी बिराज देंगे बदलाव तो मुसहर समुदाय में कुछ नहीं दिख रहा था न ही भविष्य में कभी दिखेगा लेकिन जरूर मुसहर समुदाय के लोगो को पऊआ में विकास की ओर ले जा रही सरकार कभी आवास के लिये सरकारे या कोई अन्य योजना के लिये बड़े कष्ट से मन बनती भी थी | तो सुविधाए के बजाय शराबो को गाँव - गाँव में पहुचाने का कार्य करती थी जिससे सरकारी नौकरी करने वाले में से कई विभाग के लोगो को वेतन मिलता हैं जो भी पूरे दिन में मेहनत - मजदूरी करके 100 - 150 रू मिला जिससे घर की चूल्ही शाम को जलने वाली थी | वो सब जल गए देशी पऊआ में जब किसी को भी एक बार जब लग गया स्वाद तो पुनः पीने का मन बनता पर पैसे से लाचार थे अब तो इनका रोज़मर्रा का हो गया था मेहनत मजदूरी करके आते घर जाते - जाते सब खत्म हो जाता था | ये तो साहब पऊआ पीकर मस्त लेकिन घरवालों भूखे पेट सो जाते थे धीरे - धीरे ये कोरोना की तरह इस कदर फैला की पूरी की पूरी मुसहर बस्ती इस अमर रूपी अमृत के चपेट में आ

गयी |

अगर अब पऊआ नहीं मिलता तो घर में उथल - पुथल मचा देते पहले से ही परेशान तो थे ही अब तो पूर्ण रूप से हो गए बच्चे को बात - बात पर गाली देने लगते , मारपीट घर में करते थे कभी - कभी तो ऐसा था की यदि पऊआ नहीं मिलता तो घर का सामान चुपके से बचने लगते कोई हीरा - मोती नही , ना ही कोई अच्छा ढांचा वाला बर्तन वही टूटी - फूटी हांडी गिना - चुना जो था | उसी पर उनको बड़ा गुमान था लेकिन यह समान नहीं की सब नीलाम कर देंगे तो किसमे खायेंगे - पियेंगे क्या करेंगे सिर्फ प्लास्टिक बोतली लेकर उसमे खा भी तो नहीं सकेंगे सब कुछ बोलने के बाद जब नशा उतरता तो बैठ कर पश्चाताप करते थे | सरकार और हमारे समाज के नवाब जादो को तो बड़ा आनंद मिलता था इनका घर उजड़ते देख ये भी दाने - दाने को मोहताज हो गए थे काम पर भी नहीं जाते और जहाँ काम करते थे वहा समय और प्रत्येक दिन न जाने पर वहा से भी हाथ धो बैठे | बच्चे सुबह शाम वही घास व चूहे खाकर जल का सहारा लेकर जीवित रहते थे सिर्फ नाम मात्र मन में तनिक भी प्रसन्नता नहीं आंखो में उदासी छायी हुई | कई दिनो तक यह क्रिया निरंतर चलती रही अब बच्चे धीरे - धीरे बीमार पड़ने लगे थे औरते सब छोड़ छाड़कर बस्ती से जाने लगी थी बच्चे भूखे से तड़प - तड़प कर मरने लगे पूरी मुसहर समुदाय में मातम छा गया था ऐसा लग रहा था मानो धीरे - धीरे सब कोरोना की चपेट आकर मर रहे थे परंतु बात तो यहा अमृत का जिसे मुसहर भैयों बड़े आनंद के साथ घोंट जाते थे | और उथल - पुथल मचा रहे थे कुछ मुसहर बस्ती के लोग तो सिर्फ शराब के नशे में डूब कर बह गयी कुछ तो लाचार परिवार इस कुब्यवहार को अपनी जीवन व कर्मो का फल समझ कर भोगने के लिए तैयार खड़े थे बच्चो का भविष्य भी शराब की बोतल में चला गया जिसे पिता श्री घूँट मार गए | धीरे - धीरे इस अमृत के चपेट में बच्चे भी आ गए पहले तो बाप अकेले बैठ पिता अब तो कम्पनी देने के लिए लाल साथ में खुस तो बहुत होते पीते वक्त लेकिन उतारने के बाद पश्चाताप भी बहुत करते थे बच्चो का भविष्य का तहस - नहस करने में सबसे अहम भूमिका सरकार व उनके पिता निभाते | देखा जाये तो इनके पिता का भी दोष नहीं हैं

क्योंकि अगर उनको शराब न मिले या सरकारे शराबों का माल बंद कर दे तो ना मिलेगा शराब ना ही ये लत पकड़ेंगे ऐसा नहीं की पिता अपने बेटे को पिलाता हैं लेकिन कहते हैं न **ऐज़ फादर ऐज़ सन** क्योंकि साहब जहाँ गरीबी हैं वहाँ भटकाना बहुत आसान हैं बच्चे को कितना भी दूर रखे वो अपने घरो की आदते देखकर सीख ही जाते हैं | ऐसा नहीं हैं की माँ - बाप जो कर रह हैं को उनके बच्चे भी करे ऐसा नहीं भी होता हैं पर अधिकतर लोग सीख जाते हैं और वह लोग तो और सीघ्र जाते हैं जो जागरूक नहीं जिनके घर के लोग जागरूक नहीं जिनको कुछ नहीं पता इसके फायदे , नुकसान या इसके बारे में अन्य जानकारी कुछ नहीं मालूम की ये कहाँ से आ रहे हैं ? कैसे कुछ नहीं समझ | देखा जाये तो अगर सरकारे नहीं बेचे तो कोई पिएगा नहीं अब लोग कहेंगे की यदि हमारे समाज के लोग नहीं पिये तो हम बेचेंगे नहीं तो साहब और गदही सरकार ये आप से या आपके कानून से बड़े या ऊपर तो हैं नहीं जो आपके आदेश का उलंघन करेंगे यदि करते भी हैं तो बहुत सारे विकल्प मौजूद हैं और तौर - तरीके भी जिसको आप प्रयोग कर इनपे नियंत्रण पा सकते हैं | लेकिन हमारी सरकार को इस पर कोई आपत्ति नहीं होगी और हो भी तो क्यो ? पैसे और इस पैसे से इनका पेट - पालन जो हो रहा इस ब्यापार से जितना हमारे सरकार को मुनाफा हो रहा हैं अन्य किसी और ब्यापार में तो नही लगता की हो रहा होगा इस ब्यापार से कई सरकारी कर्मचारियों को वेतन भी मिलता है | लेकिन कहते हैं ना यदि किसी का बुरा या उसे कंगाल करके अगर आप जीवन में तरक्की की ओर छलांग मरते हैं तो वह ब्यर्थ है और किसी काम का नहीं ऐसी तरक्की , ऐसी छलांग हजारो की संख्या में लोग रोज़मर्रा में मर रहे हैं परंतु इससे सरकार को कोई फर्क नहीं पड़ता , और न ही पड़ने वाला है | और पड़े भी क्यो उनका क्या कोई अपना जा रहा हैं जो शोक मनायेंगे ? उन्हे कोई फर्क नहीं पड़ने वाला हैं यदि आप अपनी भलाई व परिवार का चाहते हैं तो स्वयं जागरूक हो और इस जहरीले पदार्थ को छोडने का प्रयास करे | रही बात हमारे समाज का तो उनके भरोसे रहना या कुछ उनपे विश्वास करना की ये हमे तरक्की की ओर ले जा रहा हैं तो ऐसा बिलकुल नहीं हैं सरकारे तो आप को धीरे - धीरे दीमक की तरह खायेगी परंतु ये तो एक झटके में आपको खोखला कर

देंगे | हमारा समाज भी कम नहीं हैं यदि किसी मुसहर बिरादरी के लोगो का एकाक बार अगर मन भी होता हैं तो वो उनके समझाने व बताने का प्रयास भी नहीं करते हैं की ये हमारे लिए हानिकारक होता हैं लेकिन फिर ये भी सवाल मन में उठता हैं की हम क्यो समझाये ये हमारे कौन है ? कभी - कभी तो ऐसा लगता हैं की मानवता भी खत्म हो चुकी हैं | धीरे - धीरे इस चपेट में एक दिन पूरी दुनिया आ जायेगी किसी को भनक तक नहीं लगेगी शराब हमारे जीवन को बर्बाद कर दे रहा हैं इससे कई सारी भयंकर बीमारिया हो रही हैं | जैसे लीवर का खराब होना , भूख न लगना , कैंसर का होना और वह हमारे समाज के लिए भी घातक रूप ले सकता हैं इसके सेवन से व्यक्ति का एक दूसरे से संबंध में दरार पैदा होने लगता हैं परिवार वालो पर बुरा प्रभाव ये हर एक पल दुख की छाया रहते हैं | लेकिन मुसहरो को इतना सब कहाँ पता जो सुधरेंगे , इन्हे तो शराब का मतलब भी नहीं मालूम और इनमे क्या मिला हैं ये भी मसहरो की **अक्ल भैंस चरने गयी हैं** बोतली में अध मरा इंसान का चित्र भी होगा फिर भी अध दिमाक का इस्तेमाल नहीं करते यदि करे भी तो थोड़ा बहुत ही समझ जायेंगे लेकिन नादान पंक्षी शराब इस कदर इनको मारने हेतु दौड़ा हुआ हैं | इनको तनिक भी खबर नहीं सरकार को पता हैं की ये पदार्थ जहरीली व घातक हैं और उसमे अधमरा ब्यक्ति का चित्र भी लगा फिर भी सरकार इस ब्यापार को बंद नहीं कर रही और ना ही इसे बंद करने का आदेश दे रही गवार सरकार इन सारी चीजों को घटित होत देख यही समझ आ रहा हैं की हमारी सरकार सब कुछ बखूबी जानती व देख रही हैं पर सरीफ़ बनने की कोशिस कर रही हैं | बखूबी इन बोतलियों पर सरकार का स्टैम्प व सरकार द्वारा मान्यता प्राप्त हैं सरकार को बेचने में आपत्ति नहीं तो जो फ्री या खर्च करके ले रहा उसे थोड़ी कोई गम होगा |

" छोड़ो शराब , बनो नवाब
देखो कुछ बड़ा करने के ख्वाब
जो कोई भी दे शराब
उसे दो तुम जवाब "

10

पुलिस का धाक

पुलिस का नाम सुनते ही मन में एक तसल्ली व सुकून सा मन में महसूस होने लगता हैं की हमारे रक्षक हैं लेकिन जब यही रक्षक जब निर्दयी रूप धारण कर लेता हैं | तो हमे न्याय नहीं मिलता और हम असुरक्षित महसूस करने लगते हैं तब हम न्याय की आशा छोड़ देते हैं आपने पुलिस का तो कई जगहो पर न्याय व चोर , बदमाशो को सजा देते हुए तो जरूर देखे होंगे लेकिन यही पुलिस कभी - कभी हैवान में बदल जाते हैं और तब आप इनका अलग ही रूप देखेंगे | तो आप इनको कुछ अलग ही पायेंगे पुलिस का काम तब तक ही भाता हैं ? जब तक लोगो के हित में हो अगर विपरीत होता हैं तो तनिक भी उचित नहीं ये तो बात इनके रूप , व रंग, काम की शैली की परिभाषा थी | अगर इनके उत्पीड़न करने के तरीके का बात करे तो ये हिटलर के भी बाप बाप हैं यदि कोई गरीब मुसहर का मामला इनके थाने या चौकी पर जाता हैं तो ये लोग न्याय कम वसूली ज्यादा करते हैं अगर इनके पास पैसे नहीं होते तो कहेंगे अपना केस भुल जाओ या तो पीछे हट जा समझा इतना धांधली हो गयी आज के समय में के बिना पैसे के कोई काम नहीं हो रहा हैं | अगर आप के पास पैसे नहीं तो आप बेवकूफ हैं जो इनके आगे - पीछे मड़रा रहे हैं मुसहर के पास इतने पैसे तो थे नहीं की हजारो रुपये दे सके तो क्या करे मजबूरन न चाहते हुए भी पीछे हटना पड़ता था ? चाहे उनका पक्ष ही क्यो न मजबूत हो ? या उनके हित में क्यो ना ? पुलिस का कभी - कभी इतनी हिम्मत हो जाती

हैं की जो लोग पैसे नहीं देते या नहीं दे पाते तो उनको बंद करके पीटते हैं और धमकियाँ देते हैं | मुसहरो को तो वो अपने घर के कुत्ते के समान समझते थे उनको तो इस कदर सताते थे की मानो उनके विरोधी हो और उसकी बेज्जती किया हो जब उनके केस की बारी आती तो थानेदार पहले ही वहाँ से चल देता था आस लगाए बैठे की अब सुनवाई होगी , तब होगी पर इनकी बारी कभी नही आ पाती | धीरे - धीरे जब ये समझ जाते हैं की अब यहाँ कुछ नहीं होने वाला तो ऊपर का दरवाजा एक बार खटखटाने की सोचते हैं लेकिन जो ऊपर बैठा वही तो इंका भगवान जो सब कुछ इनसे करवा रहा हैं | जैसे - तैसे करके एक शिकायती पत्र इनके पास जाता हैं की फला ब्यक्ति से हमारा झगड़ा हो गया हैं उसने हमे जान से मरने की कोशिश किया जिसमे मुझे चोट लग गया हैं अब उसे पहुचने में कम से कम महीनो लग गए तब तक ये बेचारे खुशियाँ मनाते की बड़े साहब अब हमारी बात सुन लेंगे , अब उन्हे सजा मिलेगा पर ऐसा कुछ नहीं होने वाला था | थानेदार को भी खरी - खोटी सुना देंगे लेकिन उसे कुछ फर्क थोड़ी पड़ने वाला और वह सुन थोड़ी रहा जो इन जनाब का स्वागत करे महीनो से सात महीने कब बीत जाते हैं इंतेजार में पता ही नहीं चलता पर बड़े बेचैन और कोई रिसपान्स नहीं और न ही कोई बुलवाई हुई और हो भी तो कैसे ? ऊपर वाला रिश्वत खोर व बदमाश जो ठहरा जब उसे नीचे वाले से पैसे मिलेगा अर्थात थानेदार से तब तो वह इनका केस देखने व जाच करने का कष्ट करे | हमारे सरकार के चमचे व घुस खोट नेता लोग इतना नीचे गिर गए हैं की बिना पैसे के कुछ नहीं करने वाले यह तो वही बात हो गयी " **बाप बड़ा न भैया , सबसे बड़ा रुपैया** उनके खत का जवाब कब आए यही इंतेजार में बैठे लेकिन कितना भी वे इंतेजार करे वो कभी नहीं आने वाला और न ही कभी आएगा | सरकारी सिस्टम पूरी तरह से भ्रष्ट हो चुका हैं जहाँ सिर्फ अमीरी घुस खोर नेताओ का ही सुनवाई होती हैं वहाँ गरीब व कम पैसे वालो की सुनवाई नहीं होती न ही उनका वहाँ पर कोई काम हैं | मुसहर समुदाय के लोग मर जाये फिर भी उनकी कोई सुनवाई नहीं होने वाली हैं इसी तरह से उनको अपमान व वे लोग पीटते रहेंगे पर न नीचे वाला और न ही ऊपर वाला इनकी बातो को सुनेगा पुलिस की हद तो तब पार हो जाती हैं जब ये इनकी बेटी व

पत्नी को गलत नजरिये से देखने लगते हैं | और इनके साथ बद्तमिजी करने पर उतर जाते हैं जब भी इनकी बेटी घर या बाहर काम करने हेतु जाती तो ये वहाँ उनको परेशान करने पहुँच जाते और यदि वे लोग इसका विरोध करते तो मार खाती इन लोगो का ये रोज़मर्रा का होने लगा था | पर ये अपनी करतूतों से बाज नहीं आते थे और न ही उन्हे परेशान करना छोड़ते कई औरते के साथ गलत ब्यवहार व उनका उत्पीड़न करते थे जब ज्यादा हद पार हो जाता तो वे लोग अपनी जान दे देती पर फिर भी कोई सुनवाई नहीं होती कई लोगो के घर उजड़ गए कई बच्चे बिन माँ के हो गये , तो कोई बिन बहन के लेकिन इन जानवरो को कोई तरस नहीं आता उनपर सिर्फ तमाशा बनाकर उनका और खबर मिलता की किसी का रेप हुआ हैं या कोई फाँसी लगाकर मर गयी हैं | तो ये अपनी दरिंदगी वाली पुलिस टीम के साथ वहाँ जाते हमारी सरकार को सब कुछ पता हैं और वह सब कुछ खुली आंखो से देख भी रहा पर कुछ बोल नहीं रहा और न ही इन दरिंदों के खिलाफ कोई कार्यवाही कर रही हैं आये दिन किसी न किसी बस्ती में मुसहर महिलाए इन दरिंदों का शिकार होती हैं | और समाज के डर से वह अपनी जान दे देती हैं अरे वो भी किसी की माँ - बेटी , बहन हैं तुम्हारी भी होगी क्या फिर भी तुम इनके बारे में भी ऐसा सोचते व करते होगे जो उनके साथ इस तरह का ब्यवहार कर रहे हो | पुलिस सिर्फ हैवानी गिरि करती हैं सब नहीं पर सब मे से ज्यादा ही लोग , जब उन महिलाओ का मेडिकल रिपोर्ट आ जाता हैं की ये मानसिक व शारीरिक रूप से पीड़ीत व उत्पीड़ित की गयी हैं तो वे लोग रिपोर्ट को चंद रुपये डॉक्टर को देकर किसी की अनमोल जीवन खरीद लेते हैं | यहाँ तो भगवान भी बिक गया वो भी कुछ रुपयो में वही जिसे हम भगवान का दूसरा रूप कहते हैं यहाँ तो ये साफ - साफ समझ व दिख रहा की पैसो के लिए इंसान कुछ भी कर सकता हैं व किसी का प्राण भी ले सकता हैं | क्या पैसा सचमुच इतना बलवान व दूसरों की जान से ज्यादा कीमती हैं , इस तरह वह चुपके से खरीद लेते की उनको भनक तक नहीं लगती जब ज्यादा बात बिगड़ने की बात या उनके नौकरी पर आता तो उनका कत्ल कर देते हैं और जाँच में यह दिखा देते की इसे की से नहीं बल्कि ये खुद अपने से चाकू मार के मर गयी | उसके घर वाले यदि पूछताछ करते तो

बात टाल देते और कहते की जब कातिल का पता लगेगा तो हम खबर देंगे लेकिन वे ये नहीं जानते की अब कातिल भी फरार व तुम्हारा केस भी भलाई इसी में ही की भूल जाओ कातिल को ऐसा वे लोग बयान देकर केस को वही रफा - दफा कर देते थे | कई बच्चियों के साथ तो ऐसा होता हैं की उन्हे गलत संबंध बनाकर वे लोग उनको धमकाते थे और बाद में ये होता की वे लोग गर्भवती हो जाती थी बच्चियों को भी कुछ पता नहीं होता था वे भी नाबालिक 10 की वो भी कुछ अपने माता - पिता से बताने में डरती थी | लेकिन कहते हैं ना जितनी तीव्र गति से अच्छी बातें नहीं फैलती हैं उतनी तीव्र गति से बुरी चिजे या बुरे काम चर्चा का विषय बन जाती हैं लाख छुपाने के बावजूद आखिर उसके माता - पिता को पता चल ही गया उसकी पिटाई भी बहुत हुई | उसके माता - पिता को मानो एक सदमा सा लग गया हो उनका खाना - पीना मुश्किल हो गया था समाज वाले भी इनको ताने देने लगे जिनको हम अपना कहते हैं रिश्तेदार वे तो ऐसे ताने देते की मानो एक सास बहू को किसी तरह समाज से छुपते - छुपाते वे लोग थाने में शिकायत दर्ज कराने पहुँचे जिस थानेदार ने उनके घर की इज्जत लूटी थी | उसी के यहाँ ये लोग पहुँचे लेकिन वे लोग इस बात से अंजान थे सिवाय उनके बेटी के बच्ची अगर बताने की कोशिश भी करती थी तो उसको कांस्टेबल धमकाने की कोशिश करते थे और साथ ही साथ धमकी भी देते की अगर तुमने बताया या कुछ बोलने का प्रयास की तो तुम्हारे माँ - बाप को मार डालेंगे ठहरी बच्ची इर सी गयी और कुछ न बोल पायी | थानेदार भी गुस्सैल आंखो से धमकाने की कोशिश करता था बात चित हो ही रहा था की थानेदार कहता हैं जा जब पता चलेगा उसका तो हम बता देंगे तब आकर एफ आई आर करवाना तब उसे सजा होगी और वह पैसे भी देगा | इसी इंतेजार में जब लड़की माँ बन जाती हैं तो समाज में तो पहले से ही इज्जत गयी थी ही की अब तो उनकी कोई इज्जत नहीं रह गयी लड़की को भी किसी चीज पे उसका हक नहीं रह जाता उसको सब तरह से हर एक चीज से उसको वंचित कर देते हैं | बहुत लोगो का यह मानना हैं की उसके हाथ से कुछ भी खाना या उसके हाथ से कुछ लेना पाप हैं तो ऐसा बिलकुल नहीं हैं वो भी नारी जो इतना उससे नफरत कर रहे हैं कुछ साल यू ताने को सहते - सहते 12 की

हो जाती हैं लेकिन कोई सुनवाई नहीं अब उसको कुछ समझ व अक्ल भी आ गया था की सही क्या गलत क्या कुछ समझने लगी थी ? इतनी भी हिम्मत नहीं की थानेदार के खिलाफ एक शब्द भी अभद्र बोले या कुछ बताने की जुर्रत करे | अब वह विवाह योग्य भी हो गयी थी लेकिन उसके सादी में भी अडचन आने लगी थी जो की उसमे उसकी कोई गलती नहीं फिर भी समाज के ताने कम नहीं होते थे मुसहर समुदाय में ऐसा कोई कानून नहीं बना की लड़की की विवाह 18 के बाद होगी ऐसा बिलकुल नहीं होता हैं वहाँ तो यह नियम कानून की लड़की की विवाह 10 से 12 की उम्र में कर देनी चाहिए | यदि पहले मिल जाये तो भी कर दे चाहे बच्ची 8- 9 की ना हो अभी तक लड़की साथ घटी घटना का जिम्मेदार कौन किसी को मालूम नहीं चला ? और नहीं कभी चलेगा थानेदार भी खुल्ला साँड की तरह घूम रहा था किसी कोई तनिक भी उसके ऊपर शक तक नहीं अगर करेंगे तो बंद करके पूजा कर देंगे | जब भी कोई रिश्ते लेकर आता अगर उसे भनक या वे लोग जान जाते की उसकी एक लड़की भी जो किसकी लड़की हैं किसी को नहीं पता तो वे लोग रिश्ता तोड़ देते विवाह ना होने के कारण उसे भी बहुत ताने मिलते और माँ - बाप की मार खानी पड़ती बड़ी मशक्कत करने के बाद अगर कही विवाह के लिए राजी भी होती तो दहेज इतना मांगते की मानो वे सालो से भिखारी हैं और भीख मांगने निकले हैं इतना बढ़ - चढ़कर दहेज मांगते की उनके पास इतने थे नहीं की वे लोग दे सके वहाँ भी विवाह नहीं बैठ पाता था | यदि कोई आपके लड़की से दहेज के लिए विवाह करना चाहता हैं तो उसके यहाँ लड़की की ब्याह करने से बेहतर की गरीब से कर दे या उसको अपने पास ही रखे क्योंकि जो दहेज मांगता या आपके लड़की से कहता हैं दहेज के लिए दरअसल वे सिर्फ पैसे के लिए आपकी बेटी से विवाह करना चाहते हैं उनको आपकी बेटी नहीं आपका धन - दौलत चाहिए | साड़ी ना बैठने के कारण माँ - बाप के लिए भार सी लाग्ने लगी और हमारे समाज के लोग भी जीने नहीं देते हैं प्रतिदिन कोई ना कोई विवाह के लिए आता और जान कर मना कर देता था | लेकिन एक ने विवाह के लिए हाँ कर दिया थे तो मुसहर बिरादरी पर वह बड़े सीधे - साधे और बड़ी उदारता के साथ उसका हाथ थामने को तैयार थे आखिरकार साड़ी हो गयी दहेज भी

कुछ नहीं लिये उनकी लड़की को भी अपनी लड़की की तरह प्यार दुलार करने लगे | लेकिन कहते हैं बिना दहेज लिए आज के समय में किसी भी भीखमंगे को चैन नहीं वह थोड़ा ही पर भीख मांगेगा जरूर चाहे वो मुसहर हो या ब्राह्मण हो या पासी या फिर किसी भी बीरादारी का हो उसे चाहिए तो जरूर यहाँ तो एक फूटी - कौड़ी तक नहीं मिली उस बेचारी बच्ची का अपमान व सास का अत्याचार शुरू हो गया था और पति भी जो बड़ी - बड़ी हाकता था अब वह भी रावण बना था और उससे रोज दहेज की मांग करता इसका विरोध अगर वह करती तो मार खाती और सास चेतावनी देती की अपने माँ - बाप से पैसे मांग नहीं तो हम तुझे बेच देंगे | उनके रोज के ये ताने सहते - सहते थक चुकी थी लेकीन कुछ कर नहीं सकती अब उसे भी अपनी बच्ची व पति का मोह हो गया था वह अब समझ चुकी थी यही मेरा घर हैं | और मुझे यही रहना और मरना हैं और अगर घर के बारे में जाने की सोचती भी तो जा नहीं सकती थी माँ - बाप अपनाने को अब तैयार नहीं थे फिर भी वह उनको कुछ नहीं कहती और चुपचाप से उनकी उए डिमांड सुनती थी यदि विरोध करे तो पिटाई होती थी |अब तो उन दोनों की इतनी हिम्मत बढ़ गयी थी उसका गला दबाकर मारने तक की सोच लिये थे एक दिन शाम को उसका पति नशे में धुत घर आता हैं और गुस्सैल भरी आवाज में कहता हैं तेरा बाप मुझे कुछ नहीं दिया हैं | अरे भाग्य मना जो हमने तुझसे विवाह कर लिया नहीं तो तुझे कौन पूछता बच्चलन औरत क्या हमने कुछ कहा नहीं तेरे बाप से तो क्या वह कुछ नही देगा ? जाकर अपने बाप से पैसे मान और लाकर हमे दे और एक बात तू अपने जहन में बसा ले तू सिर्फ नौकर हैं इस घर की इससे ज्यादा कुछ नहीं समझी , तो हम जो सिर्फ कह रहे रहे उसका पालन कर नहीं तो चली जा यहा से अगर ऐसा नहीं की या अपने बाप से नहीं कही तो तेरी इस गंदी औलाद को जान से मार दूँगी समझी बच्चलन औरत यह सुनते ही गंगा आंख से बहने लगी पर कुछ कहने को बेबश सब कुछ सहती पर कुछ नहीं बोलती सिर्फ दुखो की दिन गिनती | उनका ये रोजमर्रा का हो गया था माँ - बाप को कुछ कह नहीं सकती अगर घर जाएगी तो समाज की प्यार भरी ताने को सहेगी और यहाँ रहेगी तो सिर्फ पिटाई के अलावा कुछ नहीं मिलने वाला चारो तरफ

से उसके लिए मानो रास्ते बंद हो गए थे | उसकी बच्ची भी भूख के मारे रो रही थी पर कुछ खाने को नहीं अगर हो भी तो मिलेगा नहीं कुछ दिन यू ही बिना कुछ खाये सिर्फ नीर के सहारे ब्यतित हो जाते हैं वो तो ये दुख भरी भूख को सह ली पर उसकी बच्ची नही कर पायी और दम तोड़ दी कितना भूख सहे छोटी बच्ची जो वे लोग घी के दिये जला रहे थे की चलो कम से कम एक कलंक तो गयी लेकिन अपने औलाद को खोने का दर्द सिर्फ एक माँ ही समझ सकती हैं चाहे वो बिन ब्याह का बच्चा रहे तो क्यो ना लेकिन दर्द उतना ही | लेकिन समाज ऐसी संतान जो बिन ब्याह माँ के पेट से जन्मा या जन्मी हो एक तरह से वो समाज के लिये एक कलंक की तरह हैं भले ही उसकी गलती हो या ना हो यहा तो बात बच्ची की लेकिन ऐसी माँ जो बिन बिन ब्याह माँ बन जाती हैं वो माँ के नाम पर धब्बा हैं जो अपनी मर्यादा का उलंघन करती हैं | माँ तो वो होती हैं जो अपने पति के आज्ञा का पालन करे व विवाह के बंधन में बधकर वह अपने उस हर धर्म व कर्म का पालन करे जो उसका दायित्व हैं माँ ऐसी होती हैं माँ के बारे में कुछ और कहना इसके लिए मैं अभी उतना बड़ा नहीं ऐसी कुछ कुकर्मी लड़कियों व महिलाओ ने हमारे समाज को गंदा कर दिया हैं जो अपनी मर्यादा को भूल जाती हैं | और इन्ही चंद नारियों की वजह से हमारे समाज की महिलाओ को गंदी नजर से देखा जाता हैं हमारे समाज में कई वीरांगना महिला थी और हैं रहेगी भी ये कर्म व धर्म सिर्फ महिलाओ के लिये नही लागू होता हैं ये नियम पुरुषों के लिये भी क्योकि जब पुरुष अपनी मर्यादा को भूल जाता हैं | तो वह नपुंसक कहलाता हैं जो गलत कर्मो को अपनाकर बहुत महानता समझता हैं और आज के समय पुरुष कुछ भी करे उसे कोई कुछ नहीं कहता और यहा तक हमारा समाज भी उसे लड़का हैं समझकर या वो तो लड़का हैं | कुछ भी करे क्या हो गया ? तो ऐसी नियम व ऐसे भ्रष्ट कानून को मैं नहीं मानता हूँ और जो इस भ्रष्ट सोच व इस कुकर्म करने वालो को महान मानता हैं वो भी नपुंसक ही क्योंकि हमारे समाज के लोग कुछ ज्यादा ही पुरुषो को इस मामले में छुट दे दिये हैं जो की बिकुल गलत हैं | और कही - कही तक तो ये भी हो जाता हैं की अगर लड़के ऐसे करतूत में पकड़े जाते हैं तो उन्हे खुला साँड की भाँति छोड़ दिया जाता हैं बिना कुछ एक शब्द कहे या उसे किसी भी

तरह का दंड दिये ही जो एक तरह से महिलाओ के लिये मुँह पर तमाचा हैं | यूपी के चड़रहाँ गाँव में तो इस मामले में बिलकुल भ्रष्ट हैं लेकिन यहाँ एक खासियत की ये लोग इस तरह का कुकर्म करने के बावजूद भी सीने को फुलाकर और निडर होकर चलते हैं क्योकि यहाँ के लोग नपुंसक और गाँव के लोग सब भ्रष्ट और कुकर्मी ब्यक्ति सभी से नीचे दबकर नहीं रहना चाहता क्योकि वह यह वह यह चिल्ला कर कहता हैं अरे ये कोई गलत थोड़ी हैं | इसी कलंक के साथ उस बच्ची का जीबन दहन हो गया जिसमे उसकी तनिक भी किसी भी तरह से उसकी कोई गलती नहीं लेकिन इन मामलो में अधिकतर ये लोग ही समाज का शिकार होती हैं | अब तो अत्याचार कुछ दिनो तक कुछ कम मानो अब वे लोग बदल रहे हो लेकिन सिर्फ ये समाज के लिए एक झलक था जो की वे लोग समझे की हम भी मगरमच्छ के अश्रु गिरा सकते हैं | कुछ दिन बीत गए पर उसके माता - पिता उसकी हालात को देखने तक नहीं आए और न ही कोई संदेशा आया और आये भी तो कौन - सा मुह लेकर अब तो उसके पति में भी कुछ परिवर्तन आ गया था अब इतना मोह हो गया था की अब उसे खाने को दे देता पर चुड़ैल (सास) से छिपाकर अक्सर पति - पत्नी का संबंध बिगाड़ने में ज़्यादातर इन चुड़ैलों का ही हाथ होता हैं | जब दोनों पति - पत्नी दिन - प्रतिदिन एक दूसरे को समझने लगे व अच्छे से रहने लगे तो उसे जलन होने लगा और सैकड़ो उपाय उनके रिश्ते को खराब , व तोड़ने की कोशिश व तरीके को अपनाने लगी पर असफल रही | इसी प्रयोगो में बुढ़िया एक दिन बीमार पड गयी लेकिन उसे तनिक भी तकलीफ नहीं उसका देखभाल करने को बहुरिया खड़ी उसकी दवा , कब और कैसे लेनी है सब कुछ वही देखती व देती थी पर फिर भी उसकी सास को यह दिखता था और ना ही वो ये सब देखना चाहती थी | उसे अब भी वह हे की भावना से देखती थी बीमार से चुड़ैल ठीक भी हो गयी पर उसके स्वभाव में कोई परिवर्तन नहीं हुआ अब कुछ भी करती तो वह अकेली नहीं उसका पति साथ में अगर वह काम पर चला जाता तो इधर चुड़ैल उसका जीना हराम कर देती थी | हर जगह से उसके बारे में भला बुरा सुनकर आती या उसे खबर लगती तो उसकी पिटाई करती थी पति काम से लौट कर आये तो चुड़ैल से अच्छी सास बनने का नाटक करती व इस

कदर बादल जाती मानो गिरगिट जब वह सारी आप बीती उसे बताती तो चुड़ैल रो रोकर अपना ड्रामे (नौटंकी करना) आरंभ कर देती हैं | लेकिन अब वह भी समझ गया था की माँ जब पहले इसके साथ ऐसा ब्यवहार करती थी तो अब भी करती होगी अब उसे चुड़ैल की बातो पर विश्वास नहीं होता था सिर्फ उसकी बातो को सुनता और दोनों खुशी से रहते थे | इससे चुड़ैल को देख न पड़ता और कुछ ना कुछ इनके रिश्ते में दरार लाने की युक्ति लगाती रहती थी लेकिन उसके हर एक तरकीब असफल रहते उनके रिश्ते में दरार लाने मे इसी तरह से आए दिन कोई ना कोई तरकीब लगाती रहती पर कुछ हाथ न लगने वाला था | इसी तरह युक्तियों को आजमाते - आजमाते कुछ साल बीत गये अब वह भी मानो थक हार चुकी हो लेकिन जज़्बा उतना ही अब उन दोनों को एक लड़की हुई चुड़ैल तो इससे बहुत खुश हुई पर यह नजारा आश्चर्य चकित करने वाला था | अब बुढ़िया के खुशी का तो ठिकाना नहीं था अब वह सब कुछ भूलाकर सिर्फ बहू की सेवा व नातीन की सेवा में लग गयी थी मानो अब उसे उससे कोई सिकायत न थी अपने बेटी से भी ज्यादा प्यार दुलार करती थी | जब भी गाँव में जाती तो उसके बारे में तारीफ़ों की पूल बांधती पर कुछ लोग को यह सिर्फ दिखावा लगता था लेकिन अब चुड़ैल चाँद के भाँति कोमल व शांत हो गयी थी लेकिन यह सचमुच वास्तव में हो रह था | वे दोनों भी बहुत खुश थे की माँ अब बदल गयी हैं लेकिन इस बार यह उनके लिये नया हुआ की उसके माता - पिता भी आए थे जिससे बहूरिया बहुत खुश थी | और उसकी माँ के खुशी का तो ठिकाना ही नहीं था वह भी सारी नाराजगी को दूर व भूलाकर सिर्फ उसे प्यार करती थी और अपनी पोती को सवारती और समधिन जी से खूब हसी मज़ाक करती थी समधी जी भी बहुत खुश थे ऐसा दिखने में प्रतीत हो रहा था मानो अपनी बेटी को कितना खुशी दे दे | दामाद जी भी खूब बहुरिया का ससुर जी के सामने करते थे आखिरकार बहुरिया को सबने एक नजर से देखना आरंभ कर दिया जिससे वह भी बहुत खुश थी और अपने अतीत को वह भुला दो जो की सिर्फ इनके रिश्ते में दरार लाता इसके सिवा कुछ नहीं अतीत को भूल जाना ही अब इनके लिए व स्वयं उसके लिए भी बेहतर होगा | क्योकि सिर्फ दुख व तकलीफ दे सकता हैं खुशी नहीं ये देगा तो सिर्फ दुख

और रिश्ते में दरार इसी तरह कई घटनाए प्रत्येक दिन किसी ना किसी मुसहर बिरादरी में बीतता हैं पर हम इससे अंजान और हम जानेंगे भी तो क्या कहेंगे ? यही न अरे छोड़ो वो मुसहर हैं बस इतनी ही इज्जत मुसहरो के लिए ये देखकर तो नहीं लगता की यही हमारा नया भारत हैं जो विचारहीन , व नपुंसक हैं | समाज के लिए ऐसे विचार रखने वाले ब्यक्ति कलंक हैं वो सिर्फ अपनी ही इज्जत को इज्जत समझते हैं ऐसी घटनाए अक्सर मुसहर समुदाय दलित व गरीब बहन , बेटी के साथ ही होता हैं | इस कहानी को देख कर यह साफ नजरो से दिख रहा हैं की हमारी सरकार बड़ी दयालु और सभी के इज्जत को एक समान देखता हैं जो इनकी इज्जत बचा लिया और इनके साथ कुकर्म किये ब्यक्ति को सजा दिला दिया | वाह रि हमारी तेजस्वी सरकार जो बड़ी ईमानदारी से अपने कर्मो को करने में सक्षम हैं इस तरह का कानून व इनकी इस तरह का देखावटी ब्यवस्था को देखकर यही समझ आता हैं की इनके खिलाफ एक शब्द भी कहना आसमान पर थूकना परंतु विपरीत |

" मुसहरो का तनिक भी नहीं इज्जत

सब करे बेईज्जत "

11

प्रश्नोत्तरी

1. मास्टर कितने वर्ष का था ?

अ 9 वर्ष
ब 10 वर्ष
स 12 वर्ष
द 24 वर्ष

2. मास्टर को क्या करना था ?

अ कंपनी में काम
ब कबाडवाला
स सरकारी नौकरी
द लोहार

3. मास्टर को किसके लड़के बहलाकर लेकर गए थे ?

अ नेता के
ब विधायक के

स थानेदार
द माली के

4॰ मास्टर की शादी किससे हुई थी ?

अ शीला से
ब मीरा से
स मुन्नी से
द मुनरी से

5. मास्टर को कौन उठाकर लेकर गए थे ?

अ श्याम
ब राम
स घनश्याम
द अ और ब

6. मंगरु को गेट पर किसने रोका था ?

अ बैग वाले ने
ब विधायक ने
स राम ने
द चौकीदार ने

7॰ मंगरु व सरिता मास्टर के लिए क्या लेकर गए थे ?

अ पकवान
ब जलेबी
स मेवा मिश्री
द अमरूद व चोखा (चूहे का)

8. सरिता को ताने का तीर कौन चला रहा था ?

अ मंगरु
ब विधायक
स चौकीदार
द गांव की औरते

9. मास्टर के शादी के दिन क्या मेहमान नवाजी हुआ था ?

अ पकवान
ब छोले व चासनी
स चोखा
द चूहे का मांस

10. पंडित से अँग्रेजी में कौन बाते कर रहा था ?

अ मंगरु
ब मुंशी चाचा
स विधायक
द मास्टर

11 . कक्षा में मास्टर से क्या पूछा गया ?

अ व्यंजन
ब पार्टिसिपल
स स्वर
द मात्राए

12 ॰ मास्टर को घर छोडने कौन आया था ?

अ चौकीदार
ब विधायक
स थानेदार
द श्याम

13 ॰ मास्टर पढ़ाई छोडकर क्या करने लगा था ?

अ लोहार का काम
ब चौकीदारी
स सोने - चांदी का व्यापार
द पिता जी के साथ गृह कार्य में मदद

14 ॰ विधायक के लड़के कितने वर्ष के थे ?

अ 6 व 12 वर्ष के
ब 14 व 19 वर्ष के
स 25 व 24 वर्ष के
द 5 व 4 वर्ष के

15 ॰ छुट्टी के बाद मास्टर बच्चो से क्या बुलवाते थे ?

अ गिनती
ब पहाड़ा
स क , ख
द उल्टी गिनती

16 ◦ मुसहर गर्भवती महिलाओ को क्या नहीं मिल पाता था ?

अ आइरन की गोलियां व अन्य सुविधाए
ब राशन
स गैस
द रुपये

17 ◦ विधायक को कहा लेकर गए थे ?

अ रसगुल्ले खिलाने
ब ताजमहल दिखाने
स उल्टा पानी दिखाने
द जेल की सैर कराने

18 ◦ नेता जी का चुनाव प्रचार करने कौन गया था ?

अ पासी टोली
ब मुसहर टोली
स ठाकुर टोली
द आदिवासी टोली

19 ◦ चुनाव के बाद उन्हे क्या मिलता था ?

अ रुपये
ब प्रॉपर्टि
स अनाज
द गाली व धमकी

20 . नेता जी मेरे बड़े भोले यह कथन किसने बोला ?

अ मास्टर ने
ब विधायक ने
स थानेदार ने
द वृद्ध आदमी ने

21 . उनका समान नेता जी ने किससे भिजवाया ? (सही या गलत)

अ मास्टर से ( )
ब वृद्ध से ( )
स विधायक से ( )
द पेरसल , पार्सल से ऐसा उन्हे लगता था ( )

22 . मुसहरों की परिस्थितियो में परिवर्तन होना चाहिए या नहीं |

अ बिलकुल नहीं ( )
ब ज्यादा नहीं ( )
स हाँ इन्हे भी सम्मान व इनका हक मिलना चाहिए ( )
द कभी नहीं ( )

23 . लेखक का नाम हैं |

अ चमन कुमार
ब विशाल कुमार
स श्लोक कुमार
द मास्टर

24 . मास्टर को क्या लेना था ?

अ प्रतिशोध

ब कुछ नहीं

स नया फ्लैट

द इनमे से कोई नहीं

25 . सरिता अपने हालत को देखकर बार - बार किसको दोषी ठहराती ?

अ मास्टर को

ब विधायक को

स मुंशी को

द ईश्वर को

26 . मास्टर नौकरी पाने के बाद सरिता को क्या लेना वाला था ?

अ सोना - चाँदी

ब साड़ी

स चप्पल

द इनमे से कोई नहीं

27 . इसको देख लिया तो दिन ब्यतित नहीं होगा यह कथन किसने कहाँ ?

अ मंगरु ने

ब थानेदार ने

स विधायक ने

द पंडित ने

28 ॰ तोहनी सब के देह से दुर्गंध आता हैं यह कथन किसने कहाँ ?

अ चपरासी ने
ब लोहार ने
स स्कूल के मास्टर ने
द इनमे से कोई नहीं

29 ॰ मंगरु ने वृद्ध ब्यक्ति से झूठ क्यो बोला ?

अ ताकि सोना - चांदी मिले
ब उसे परेशान करने के लिए
स ताकि कुछ अमरूद मिल सके
द इनमे से कोई नहीं

30 ॰ मंगरु को वृद्ध आदमी से झूठ बोलने पर पश्चाताप हुआ या नहीं |

अ नहीं
ब कभी नहीं
स हाँ पर उसने भले के लिए बोला था
द इनमे से कोई नहीं

31 ॰ कब देगी ये दाल काली यह कथन किसके लिये बोला गया ?

अ मास्टर के लिए

ब वृद्‌ध के लिए
स रसोइया वाली के लिए
द अ व ब

32 ॰ राम व श्याम को फटकार कौन लगाया ?

अ मुंशी ने
ब विधायक ने
स मास्टर ने
द थानेदार ने

33 ॰ तुम्ही हो विधायक जी के पुत्र यह कथन किसने कहाँ ?

अ पंडित ने
ब प्रधान ने
स थानेदार ने
द अ व ब

34 ॰ वाह रि मुसहर खेड़ी यह कथन किसने कहाँ ?

अ मुंशी ने
ब पंडित ने
स विधायक ने
द प्रधान ने

35 ॰ का नाम तोर बउआ , यह कथन किसके लिए कहाँ गया ?

अ विधायक के लिए
ब मुंशी के लिए

स कौआ के लिए
द इनमे से कोई नहीं

36 ॰ अब त कलीटर बन जाई कौन सोच रहा था ?

अ परिवार वाले
ब विधायक
स मुंशी
द मंगरु

37 ॰ मॉर्निंग शब्द का गलत उच्चारण किसने किया ?

अ मंगरु ने
ब बच्चो ने
स मास्टर ने
द अ व ब

38 ॰ वाह ! बेटा अँग्रेजी बोलत हवे बाप कभी बोला हैं तहार यह कथन किसने कहाँ ?

अ थानेदार ने
ब मुंशी ने
स प्रधान ने
द पंडित ने

39 ॰ दुई चार गो शेर नेता जी सब पे ढेर यह कथन किसने कहाँ ?

अ मुंशी ने
ब प्रधान ने

स वृद्ध ने
द राम ने

40 ॰ मुसहर टोली का क्या नहीं आया था ?

अ चिट्ठी
ब कपड़े
स पार्सल
द इनमे से कोई नहीं

41 ॰ अरे! वो हमनन के लिए इतना सब कुछ कर रहा हैं यह कथन किसने कहाँ ?

अ श्याम ने
ब राम ने
स विधायक ने
द नवाब साहब ने

42 ॰ पार्सल शब्द का गलत उच्चारण कौन कर रहा था ?

अ विधायक
ब नवाब साहब
स मास्टर
द मुंशी

43 ॰ अमृत कि बोतली का शिकार कौन हुआ ?

अ मास्टर
ब मुसहर टोली
स विधायक

द पंडित

44 ॰ बच्चो को शराब कि लत किसको देखकर लगा ?

अ मुंशी को देखकर
ब विधायक को देखकर
स परिवार व आस - पास वालो को देखकर
द इनमे से कोई नहीं

45 ॰ लोग मास्टर को किस भावना से देखते थे ?

अ प्यार की भावना से
ब नफरत की भावना से
स अ या द
द उपर्युक्त सभी

www.ingramcontent.com/pod-product-compliance
Lightning Source LLC
LaVergne TN
LVHW060301051026
849517LV00003B/904
* 9 7 9 8 8 8 7 1 7 4 4 9 5 *